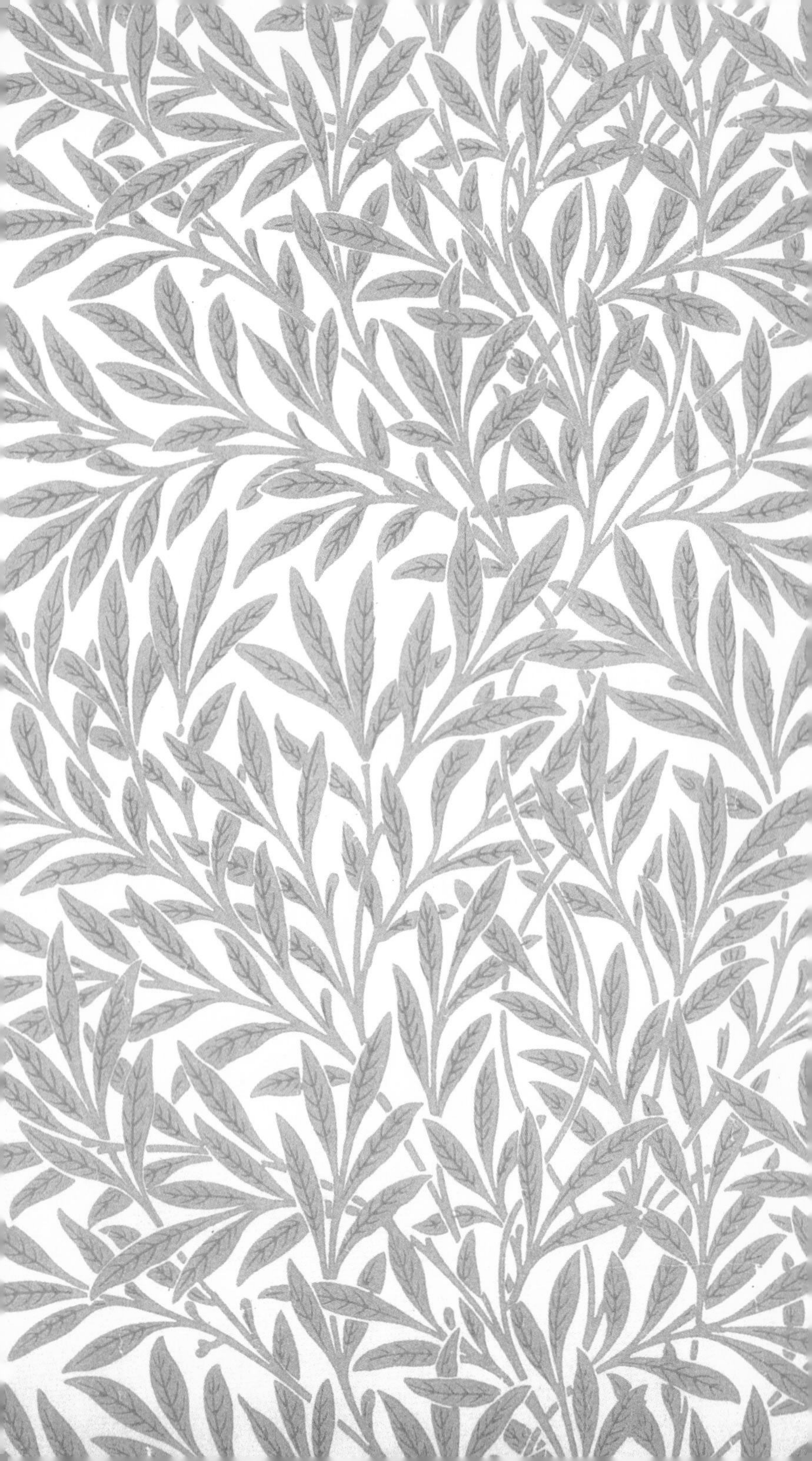

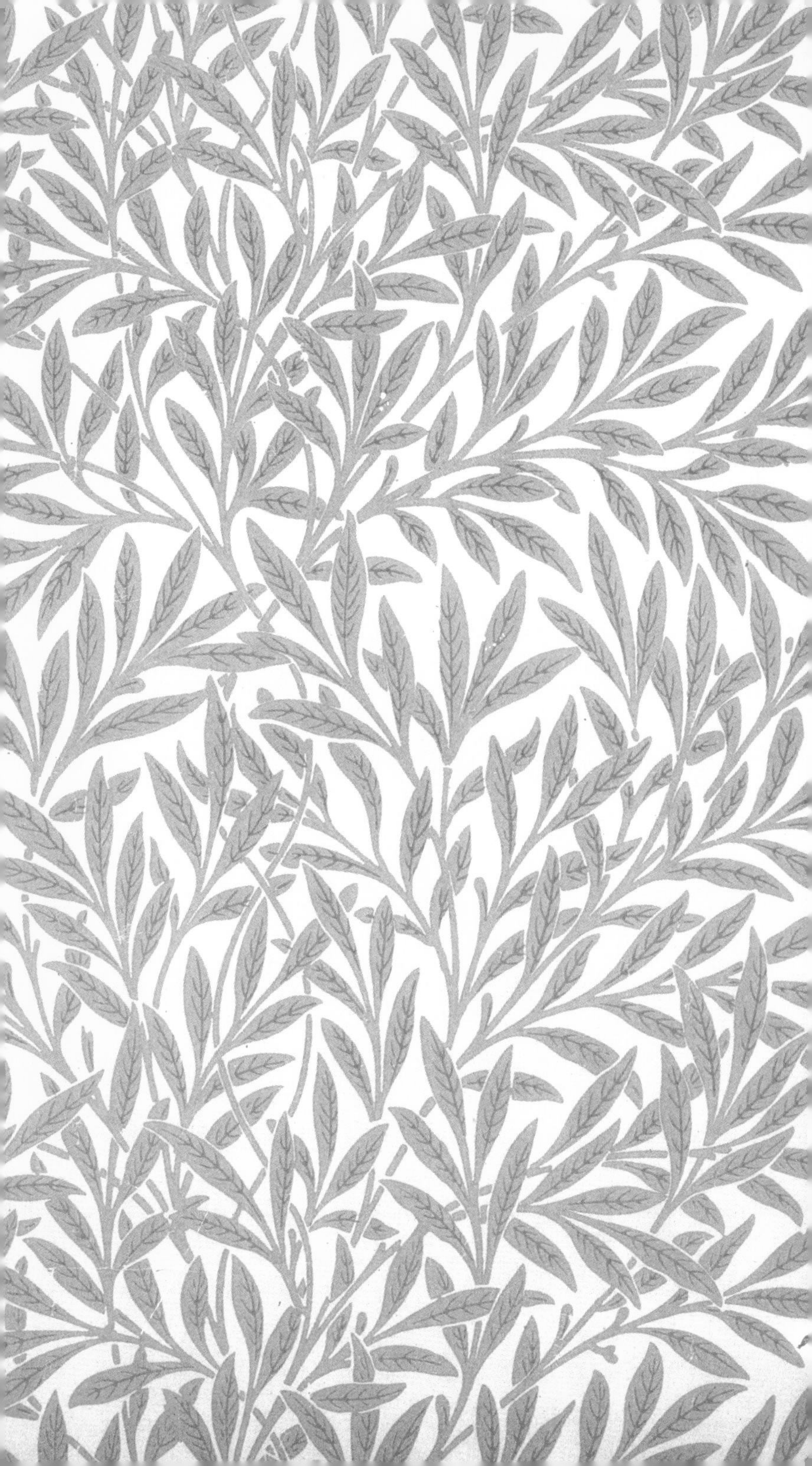

三民叢刊 293

愛，有沒有明天？

——瘟疫入城事件簿

紫石作坊 主編

三民書局 印行

摸不清頭緒的傳染病從醫院的樓層裡蔓延開來。

每個人的症狀都不同，每個人覺得自己不可能得病，但是每個人又都懷疑自己已經染病。代號S的傳染病，以前所未有的姿態攻堅人類的身心。醫院的封鎖線拉起，死亡兵臨城下，無辜的人們此刻在想些什麼？是對情感的不捨？還是對生命的懺悔或釋懷？在傳染病的蔓延之中，有人的親情受到嚴重考驗了；有人的愛情產生變化了；也有人對於自我的價值洗鍊出新的意義。

口罩有用嗎？封鎖有效嗎？空氣會傳染嗎？紙張會帶菌嗎？說不定連一個眼神，一種幻想，都是傳染病的新途徑。

人心惶惶的一棟醫院裡，動盪不安的城市，你身在其中，將會遇見什麼故事？

我們得了一種隱形的病，遠方天使收起殘敗的翅膀，黑色形狀在人間蔓延。

愛，有沒有明天？
——瘟疫入城事件簿

目次

呼吸

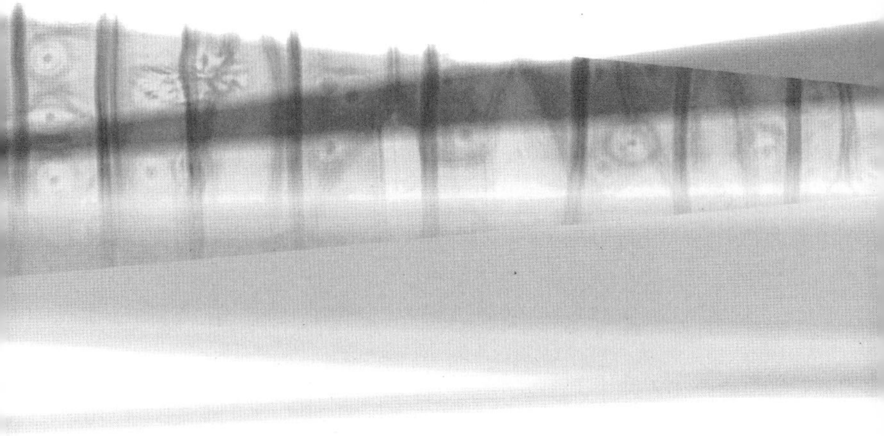

有閃光燈對著我亮了一下，

人們又散去了。

他們是在觀賞我嗎？

我並沒有熱帶魚美麗的色彩啊。

——林怡翠

林怡翠

我在呼吸嗎？

I

從很久以前，我就對呼吸這件事特別好奇。我總是輕易地忽略自己在呼吸的事實，但是每一次只要我一想起它，它就變得不平順且不自然，以致於我永遠無法知道它真實的樣子。

就像是我的人生，大部分的時候，都是在不知不覺中過去的。更糟糕的是，似乎只有那些最輕藐，最容易遺忘的，才確確然是我的人生。

但現在，我卻連呼吸都弄丟了。

我的嘴裡和鼻腔都插著一些莫名的管子，它們是從何而來的？

我是不應該和莉塔做愛，隔壁的阿村到印尼去娶莉塔的時候，我還充當了一次介紹人，甚至借了他五萬多塊錢湊數。我當然不是因為出了一點錢，所以覺得有權分享他的老婆，我有自己的老婆，而且比阿村那個長得黑黑、壯壯的莉塔漂亮多了。

是莉塔老對著我笑。這個夏天，雨總是下得又快又急，我可以感覺到熱氣一瞬間從地面蒸發上來，莉塔就這樣用報紙遮著頭，彎著腰跑進我們兩家相連的屋簷下，雷聲在她背後響起，她站在我身邊咯咯地笑了起來。

「妳全身都濕了，還笑。」我隨口唸了她一句。

她看了我一眼，馬上又笑了起來。

莉塔的國臺語都說得不好，怪腔怪調地叫了我一聲「阿旺」，竟牽著我的手，帶我進了他們家，她和阿村的臥房。

她讓我坐在一張藤椅上，用她的家鄉話比手畫腳說了一堆話，我只能默默地搔搔頭。她似乎有些急了，跑到牆上一張阿村到她家迎娶她的照片旁（那時我正一臉欣喜地站在阿村的身邊，比新郎還新郎），指著阿村，然後用手在空中畫了個叉叉，又指了指我，用中指和拇指比出一個圈圈。

「妳是說，要嫁我？」

「對啊，嫁你，嫁你。」她發現我已經意會了，高興地又大笑了起來。

我無法抗拒她的笑，那時窗外的雨聲雷電好像蓋滿了整個世界，讓我以為可以就這麼小心翼翼地躲藏在巨大的聲音背後。而她，卻躲進我的懷裡，不發一語地脫下濕透的上衣……。

莉塔黑黑的裸體，輕輕縮著，附在我的衣服上，更像是一塊意外的污漬。

我不知道自己後來是怎麼跟她做愛的，我的意思是說，我根本沒有慾望，但卻又覺得必須為她做點什麼，好回報她給我那些，珍貴且一縱即逝的笑。

II

或許我可以說，我沒有和莉塔做愛，而是和她的笑。

畢竟，我等一個女人的笑，已經等了二十多年了。

那時，我和彩純的兒子才兩歲半而已，我一如往常地下班，坐在餐桌旁等彩純把晚餐煮好。我們的兒子光榮卻哭個不停，抱著他媽媽的大腿，吵著要人抱，我看著彩純手忙腳亂的，伸手用她油膩的手背抹去額頭的汗，突然有了種幸福的感覺。

「旺，幫我把光榮帶去雜貨店買個糖果給他吃，要不然我沒辦法煮飯。」彩純回頭向我求救。

「沒問題。」我一把抱起光榮，多麼激情想告訴彩純，我願意為我美麗的妻子和牛一樣健康的兒子做所有的事。

我把光榮放在雜貨店裡，讓他自己又叫又跳的挑選喜歡的糖果。這間店的老闆娘我是熟悉的，所以不知不覺地就和她聊了起來。她對我說：「彩純是個很少見的好女人。」我得意極了，忍不住向她炫耀彩純本來是我當兵時學長的女友，而我如何千辛萬苦追求到她的往事。

突然間，老闆娘尖叫著說光榮不見了，我才從過去裡趕回來。

我把光榮弄丟了，不管我們後來用了多少方法，卻還是一點光榮的消息都沒有。從那個時候開始，彩純就變了另一個人，脾氣暴躁，潑婦罵街，我無法抱怨什麼，因為誰都知道這件事全是我的錯。我試著勸彩純再生一個孩子，我們也努力了許久，她就是沒有辦法再懷孕。

我想，我丟了光榮，也丟了彩純的快樂。她不再對我笑。偶爾她也對別人笑，就是不願意對著我。

所以，當我擁抱莉塔的笑時，竟像抱著一顆氣球，就這麼浮上了天。

只是我沒想到，彩純會從莉塔忘了關的大門走進來，撞見我和她的事。彩純尖叫了起來，用拖鞋丟向我們，她紅著臉跑進廚房，再衝向我，用菜刀一次一次揮向我。莉塔捲著被子哭著，我卻只是凝視著地板上的血，既不痛也不害怕，甚至還有一點高興，因為，我總算不欠彩純什麼了，我讓她出氣出夠了。

有人把我推上救護車的時候，我還看見彩純一臉呆愣地站在那裡，我想大聲的對她說：謝謝妳。但卻忍不住想起來，從今以後，彩純恐怕更不可能笑了。

在那一刻裡，我才真正的明白了一件事，笑，遠遠比呼吸更虛無更飄邈。

然後，我在醫院外科病房躺了幾天，開始昏迷，醒來時，就是現在這樣了。

我是阿旺，沒有了呼吸，沒有笑，就這樣存在著。

III

我想，我是住在魚缸裡面。因為我的病房只是一片的白色，對著外面的方向，是大面的玻璃，光線從那裡進來之前，穿過馬路、路樹和自顧自忙碌的人們。而另一個面對醫院走廊的方向，仍是一大面的玻璃，從我自昏迷中清醒之後，經常有人貼在玻璃上看我，他們似乎焦慮、亢奮的交談，但是我什麼都聽不到。

有閃光燈對著我亮了一下，人們又散去了。他們是在觀賞我嗎？我並沒有熱帶魚美麗的色彩啊。

連原本睡在隔壁床的陳小弟也被帶走了。他是我住進這間病房的第二天早上，發生車禍住進來的。在那幾天的時光裡，我總是看著他的父母團團轉的伺候他，一下魚湯、一下水果的，偶爾，孤單的我也會分得一杯羹。

那天，我不知為何地開始咳個不停，陳小弟清早被我吵醒，他的父母還沒出現。他扯開我們中間相隔的布簾，粗聲粗氣的說：「歐吉桑，你行不行啊？」

這是我第一次仔細的端詳他，大約十七、八歲的少年家，一副不可一世的樣子。

「你是怎麼出車禍的？」我忍不住問他，幾個字而已，我卻說得氣喘吁吁。

「幹！關你屁事啊？」他瞪著我說。然後就用他整個打滿石膏的手臂，幾隻露在外面的手指頭，勉強地夾住一根香菸，塞進嘴裡咬著，再點了打火機，靠近香菸，他顫抖著，著火的菸突然掉落下來，燙過他自己的胸口，「幹！」他整個人彈起來，跳啊跳的，把菸從身上抖落下來。

我有點想笑，但一笑，就開始咳個不停，使我無法完成一個簡單的笑。

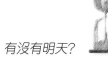

不知道為什麼，陳小弟使我想起了光榮，有時我會幻想著光榮在某個地方度過他人生的每個時期，也許，他也會有一個陳小弟這樣的青春期吧。

光榮走丟的前幾天，不知道去哪裡學會了講髒話，居然用天真無邪的口氣，對他媽媽說了句「幹！」為了這件事，彩純哭了好幾次，甚至還動手打了光榮。彩純的爸爸、哥哥和弟弟都是幹流氓的，我要娶她的時候，他們還一起來勒索我。「我不要光榮再當流氓。」她哭著跟我說。

「不會啦！」我安撫著她，笑著說，「就算當了流氓，也算是『繼承家業』啊。」

彩純突然笑了出來（這竟會是最後一個笑容嗎？），然後，我們順理成章，幸福地做愛。我還記得，我們的第一次，是在軍營外的小旅館發生的，那時她還是別人的女友，我們偷偷摸摸的，忍耐著小床鋪上，棉被和枕頭散發出濃厚的霉味，激情地互相擁有。

光榮失蹤後，我們試著再次做愛，彩純仔細的算好了受孕的最佳時間，當她脫光衣服，在床上躺下時，我竟茫然地不知從何開始。

「你不想生孩子了嗎？」她問。

「想啊，當然。」我乏味地回答了。

「那你還不快點。」她催促著，突然打開雙腿，暴露出她的私處。

我爬上了她攤平的身體，無知覺地活動起來。幾分鐘之後，她嚶嚶地哭了，於是，我試著抱住她，等著她的哭聲，漸漸地放大。

後來，我們又這樣做過幾次，奇怪的是，我無法清楚地回憶起其他的細節，卻總是不斷重溫著光榮說了一句「幹！」的那一次。對我而言，我們剛認識到結婚前幾年的光陰，似乎比接下來的二十幾年還要長得太多，也豐富多了。

所以，我竟是那麼捨不得陳小弟，就算在我咳得最厲害的那一天，幾個穿著厚重防護衣的醫生護士，七手八腳的把他連床帶人的移走了。其中一個醫生還回頭面對著我，我永遠記得他關在面罩裡的眼神，多麼像是另外一隻，隔離在魚缸裡的，小魚。

IV

我記得光榮曾經向我要過一隻黃色的金魚。我們把牠養在一個原本放醬瓜的瓶子裡，後來瓶子裡，竟然莫名其妙地，生出了一群好小好小的魚。

光榮還指著牠們問我：「為什麼魚要在水裡？」

「因為魚要在水裡，才能呼吸啊。」我說。

那一個晚上，我替光榮洗澡的時候，他居然故意把頭塞進水盆裡，我趕緊把他抓了起來。

「你在幹什麼？」我急著大叫。

「呼吸啊！」他一派無辜的說。這時，我才發現自己竟嚇出了一身汗來，而我的光榮，原來是那麼那麼渺小、脆弱，像極了一隻透明的小小金魚。

光榮不見以後，我親眼看見原來那條大的金魚，把小小魚全都一口吞進了嘴裡。每次看見牠孤單地在瓶子裡閒繞，我就激動得發火。有一天晚上，趁著彩純不注意，我把牠倒進馬桶，唰地一聲沖掉了。

V

今天一早，就有一個醫生，和一個護士，進了我的病房。

年輕的護士，替我拉開了窗簾，陽光突然一下照上了我的臉。我想開口向她說謝謝，卻聽不到自己的聲音。

倒是她先說話了：「這個S真可怕，而且還傳染了那麼多人。」

「嗯。」那醫生漫不經心地回了一聲。

「你看，他已經昏迷幾天了啊！我看是沒救了。」

那醫生突然叫了幾次我的名字後，冷淡地說：「是昏迷，沒錯。」

（昏迷？我明明就醒著。）

「對啊。聽說啊，他是因為跟他們家隔壁的外籍新娘亂搞，才會得到S的耶！」那護士竟然開始說起我的事來，模樣三八極了，「我看啊，這個S，八成是做愛傳染的。」她笑了起來，用手肘撞了撞那個醫生。

「不要鬧了，妳沒看到我在幫他檢查傷口嗎？」醫生嚴肅地回了她話。

「哼！我看你是害怕吧？誰叫你背著我跟那麼多什麼阿珠阿花的上床，我看啊，這個S根本就是老天爺派來，整你們這些風流男人的。」

我看見那醫生揭開紗布的手突然抖了一下，我的血沾到他戴著塑膠手套的指間。他的臉色變了，但使我驚訝的不是這個，而是他的長相，竟是那麼樣地像我的光榮。

他會是我們的光榮嗎？光榮的確該有那麼大了，如果我們光榮當真做了醫生，那彩純就不會再生我的氣了，她會開心的大笑，大笑，又大笑。我的人生，從此也不會有愧疚和負擔了。

（光榮！）

我大聲地叫住光榮，但他們誰都沒聽見，光榮鐵青著臉轉身走了，那個三八的護士也扭扭捏捏地跟在他的身後。

VI

我又這樣無聲無息地躺了幾天，但無時無刻不等待著我的光榮。問題是，來來去去的幾個人，都不是光榮和那個護士。

（我的光榮呢？你們哪個人來，和我說說話啊！）

窗簾一下子又被拉開了，我的病房進來的，又是兩個陌生的臉孔。但他們只是站得遠遠地看著我，醫生低頭在手中的簿子上，寫了一些東西。

我凝視著窗外，樹叢的縫隙間，可以看見幾個賣東西的攤販。老實說，我還不曾注意過，這裡白天有攤販聚集。

我無意識地望著一個年輕人，他手腳俐落地從攤子的上方，拉下一個塑膠袋，另外一隻手抓著麵勺抖啊抖的，再把麵條一下子全滑進塑膠袋裡。我不知道自己為什麼要看著他這些動作，但他那樣自在地站在陽光下做一件事，卻使我欣羨起來。

「快點快點，寫完紀錄了事，我們要趕快走。」那個醫生開口說話了，「現在誰還敢碰他啊！」

「對啊，上次那個吳醫師不過被他的血沾到手而已，沒想到就發病死了。」

「就是啊，更何況他還戴著手套耶！」

(死了？我的光榮？)

他們一邊說著話，一邊急急忙忙地離開了我。他們說的會是我和彩純足足等待了二十多年的光榮嗎？

我記得，我們曾經去廟裡求過一位仙姑，起先她什麼都不願告訴我們，但是彩純又哭又鬧了半個多小時，她才壓低音量地說：「放心，在你們歸西之前，一定還有機會見到他。」

我不喜歡那個仙姑說話神秘兮兮的樣子，好像光榮失蹤是她的天機，卻不關我們的事。但彩純卻迷上了她，後來的每個星期，她都要去上好幾趟。

問題是，她怎麼沒告訴我，我會見到光榮以後，馬上又失去他。況且，光榮怎麼能死，怎麼能因為沾上我的血而死？是我的血液繁衍了他啊！

不知道為什麼，我又看見那個賣麵的年輕人，手腳輕盈地把麵條滑進塑膠袋裡，再抓了個紅色的塑膠繩把封口綁起來。他好像是突然間被拉得很近的畫面，我可以清楚地看見他的表情。

沒錯，他也長得像極了光榮的臉，我可以非常確定，他比幾天前的醫生更像光榮。我興奮的想尖叫，因為那表示，我的光榮沒有死，我沒有害死自己的親兒子。

（彩純妳笑吧！這次輪到妳向我道謝了。）

就算我的光榮只是個賣麵的小販，而不是醫生，那又怎樣？總比當流氓好多了吧？

我開懷地放聲笑了起來，窗外的每一個陽光照映的小販，都坎入了我的視線。我看著看著，漸漸收起了笑，因為我不明白，為什麼那個賣花的年輕人，也長得像光榮，只是鼻子大了點？為什麼那個賣豬血糕的，肩上披著一條毛巾，也長得像光榮，只是頭有些禿？不，那個剛剛路過，西裝筆挺的男人，應該才是光榮吧？

我聽見自己的笑，像往上的迴旋梯般的，越來越小。而陽光跳上了玻璃外的樹葉，晃白了我的視線，使我這麼多天來，第一次有了想睡的感覺……

林怡翠

一九七六年生，臺灣大學中文系、南華大學文學研究所畢業。現正暫居在非洲草原旁邊，吃星星和露水。著有小說《公主與公主的一千零一夜》、《開房間》及詩集《被月光抓傷的背》。

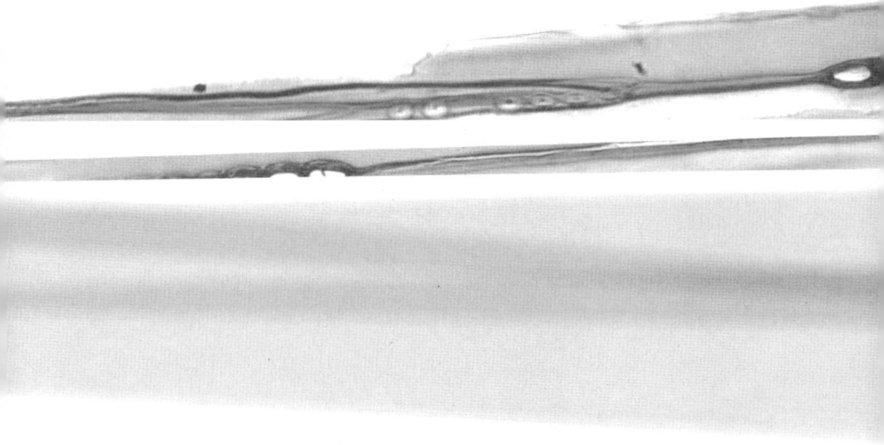

她側蹲時凹凸有致的身形，

簡直像會吸人神魂。

我的眼睛開燈似亮起來，

像巡邏監獄的探照燈，

隨著她的起身，

從腰一路攀升至她被口罩遮住了大半的臉。

——李振豪

I

她有如鬼魂一般悄然無聲地走過我的病床邊，眼底湍急的恨意盈溢，雷擊般征伐著我。我早嗅出了空氣裡濃濃的敵意，四面八方好像行軍的隊伍全部往最後一個未收伏的孤城進攻似的蔓延過來。

「媽的……怎麼會……這樣……」我喃喃自語，因為喘不過氣，句子被切成一小塊一小塊，好像高中時參加馬拉松，我們跑過終點線，然後開始一點一點著急地補吸著空氣中的氧。

也許，如果我一直持續著像高中時那樣誠懇而認真的態度去鍛鍊身體的話，現在也不會像被手指輕輕一彈就飛得老遠的螞蟻一樣，在毫無抵抗能力的情況下驟然有失去性命的危機。

將食物當成垃圾一般丟放在我的餐板上，她隨即旋過身走掉，變成一塊逐漸淡掉的白色影子。

我沉默地撫摸著紙碗的外圍，像是要取暖一般，把手緊緊地黏貼在上頭。粥的溫度搔癢似地一點一滴刺激著我的手掌心。

「又是這種難吃的粥！我們付的醫藥費到底都跑哪裡去了？媽的……」我對著空氣責罵。

真的是有點孤獨啊。然後我又開始憂鬱。

我還記得剛入院時，情況根本不是這樣的。

那個可愛的護士呢？她被隔離到哪裡去了？

那時，敏娟挺著個大大圓凸的肚子來看我，順便把我的notebook帶來給我。她還買了一袋蘋果，大概是從醫院外的水果攤買來的。

敏娟回家休息後，我獨自吃著她幫我削好的蘋果。那蘋果美得讓人捨不得吃，怕傷了嬌嫩的小生命似的。欣賞老半天後，我才終於狠下心咬了第一口。先把用牙齒刮啃下來的大塊果肉置放在舌上，然後再快速地把流出來的汁全部吸回嘴裡。一旦開始吃，就停不下來了。一口接著一口。天啊！我都忘了自己有那麼愛吃蘋果。

我一邊吃，一邊眼神渙散地東張西望。才入院不到二十四小時，我已經開始覺得無聊。

直到吃剩一半的蘋果滑出我的手掌，掉在地上咚的一聲。

我把頭移過去看。唉，真可惜，這麼甜的一顆蘋果。

然後，她就走過來了。

她好心地幫我撿起蘋果。天啊！她側蹲時凹凸有致的身形，簡直像會吸人神魂。我的眼睛開燈似亮起來，像巡邏監獄的探照燈，隨著她的起身，從腰一路攀升至她被口罩遮住了大半的臉。

絕不是自誇，雖然看不見她的嘴，但我光看她的眼睛就知道她在笑。這就是身為記者該有的特殊才能——只要能逮到對方眼睛裡閃動的某種類似密碼的波動訊息，我們就能一路挖掘探勘到心的井底。

她把髒掉的蘋果輕輕地放進垃圾筒，然後在我病床旁的鐵櫃上抽了幾張「舒潔」，蹲下去把沾在地上的果肉和汁液擦掉。「擦乾淨才不會有螞蟻。」我趕緊找機會跟她說話，不覺話中顯得有點奇怪。

「醫院很少會有螞蟻的。」她站起來，把衛生紙捏成一小團丟掉。

「是啊！蟑螂比較多。」我真的看過幾隻小蟑螂在鐵櫃裡悠閒地散步。

我們都笑了。她的口罩順著呼吸，浮出來又扁下去。

「妳老婆回家了喔？」

沒錯，當我還沉溺在她細軟的笑聲時，她就問起了敏娟的事。

我和敏娟結婚三年多了。現在已經記不起當初為什麼會忽然陷入熱戀，而且昏了頭就匆匆忙忙地決定要結婚。那時我剛進報社，帶著一股傻勁成天忙，沒空陪女朋友，所以她們就一個接著一個奔到別人的懷裡去了。後來遇見了敏娟，就迫不及待要結婚？我也不確定，遠古一般遊蕩如謎的記憶了。

三年過去，我還是忙。事業總有再衝的空間，至於婚姻，孩子也快出生了，該滿足了吧。

其實，敏娟那顆假假的大肚子，每次看到我都覺得怕，好像自己正在辛苦地餵養著一個小敏娟，另一個同樣會令我永遠對自己的相對角色感到心虛的人。

還好，聽敏娟說，超音波的結果是一個健康的男孩，那麼他就不能算是小敏娟了。是個小阿成呢。我竟要有個兒子了，想想真不可思議，像一場說不清楚的夢。

「嗯，她回家了。」我答。因車禍而骨折的右腳，疼痛漸漸緩減。

到底事情是怎麼發生的？這一切。

II

在救護車裡顛簸搖擺，我一邊看著我被撞彎的腳，越看越覺得痛，痛到連頭也跟著連鎖反應似地絞緊了起來。

又要進醫院了，怎麼我覺得我一天到晚都在進醫院。我像一塊軟肉躺在砧板上，等著有人稱斤算兩的把我切成他們想要的大小。

「啊……，可惡……」我痛得大叫！

昏昏沉沉中，我彷彿也看見敏娟痛苦的表情，在我眼前浮現上來。

記得是在凌晨快五點的時候，我和敏娟躺在床上。她說她的肚子有點痛。我把棉被抓得更緊，不耐煩地說：「剛才有人和女友分手了鬧自殺，我打了兩個小時的哈欠就等他從頂樓往下跳，結果他很沒膽的被消防員救了下來，然後帶到醫院去。現在，我只想好好地睡一覺！可以嗎？」

她知道我沒跑到新聞時的脾氣有多大，於是乖乖閉上嘴。

後來睡到一半，隱約中我感覺她正在發抖。「有那麼痛嗎？」我問她。她沒有回答。我發現不對勁，才趕快叫了救護車。

在救護車上，她蒼白著臉，冰涼涼的汗水好像血一般滲出來。我看著她的肚子，不敢去摸。那時她已經懷孕三個多月了。

我就這樣反覆地看著她的肚子和她的臉。她也看我。每當我們的視線交集超過三秒，我不知為什麼就趕忙把視線挪開，挪到她的肚子上，不敢再看她的眼睛。

上了救護車後，她就沒有再喊痛了。只是熱燙的眼淚一直流，和汗水交融成一種奇異的暖度。大概是因為車窗外的天色緩緩翻白，像一條泅泳夜色的魚擱淺在山頂，露出了死亡的肚腹，敏娟濕了的臉也透出一種光滑的亮，彷彿一把有體溫的刀，劃著我的肉但我感覺不到痛。

一直到現在，每當遇見了類似的黎明天光，我還是會禁不住心頭一沉……

印象中的黎明淡去，我的身邊又開始浮現出陌生的醫護人員。

「先生？先生？你出車禍了你知道嗎？先生？」

「廢話！啊……，痛痛痛痛痛……」

III

幾天前，幫我撿蘋果的可愛護士慌慌張張地跑進病房時，我又問了她一次，什麼時候可以出院？我真的是很著急啊！因為我已經知道發生什麼事了。

然而她好像根本沒聽見，只是雙腳微微地發顫著，站在遠遠的地方。

我馬上就知道一定是因為我的報導。天啊！我都還來不及出院，怎麼就登上去了呢？

她正用一種不可置信的表情，盯著我隔壁床的人——報導中的主角。

我剛住進這病房的時候，就已經覺得事情有些不對勁。有太多的醫生來看過隔壁床的人，他們的眼神透露出太多的疑惑和不解，伴隨著太多的抽血和檢體採集。隔壁床的人，就好像一個擁有太多毛病的麻煩鬼。

他也確實是麻煩大了。聽說他搞上了別人的老婆，結果被自己的老婆用菜刀狠狠地砍了好幾下。我的傷勢跟他比起來，簡直是小巫見大巫。

真的是很難想像被菜刀砍的滋味啊。如果他還有命活到我們都出院，我一定要好好地採訪他，然後寫篇精彩的報導。題目我都想好了，就叫「外遇？菜刀伺候！」

不過真正可怕的是，不知為什麼，他根本好像是用咳嗽在代替呼吸一樣，整天咳咳咳，咳不停！

他躺在那裡，一副「我就等著漸漸腐爛了」的樣子。後來我間斷地聽見有些醫師在討論他的病症。

然後我就想起前一陣子一直在注意的一種新型病毒。

在進行了多方的秘密採證確定後，我終於忍不住聯絡了同事小李，請他幫我把寫好的報導登到報上去。

我用「大門口前有棵榕樹的醫院」來代替實際的地理位置。我必須說，我真的壓根沒料到這報導會引起如此大的轟動，但是是真的，彷彿全世界都被我們的報導嚇壞了。

我也嚇壞了！不是說要等我出院才……

一堆人投書到報社要我們供出醫院的名字，為了搶獨家，報社一群人直搗醫院，可是這回，已經進不到醫院裡頭了。是的，在我還來得及逃跑之前，封院的命令已經下達。

然後小李傳 E-mail 跟我說，這下我們真的是超級獨家了……

原來如此！我的命，竟比不上一則獨家？

消息公開後，各家記者都蜂湧而至。聽說醫院門口那裡已經吵得不可開交，各色各式的憤怒團體像五花八門的爆竹，一起在那裡熱烈地燃放開來。

然後我就被隔離了，來探望過我的敏娟也被隔離了。

我的 notebook 也被沒收了。什麼獨家消息？媽的，老子我一點也不在乎！

我被換到現在住的新病房來。在這裡，照顧我的白衣天使變得還比較像惡魔。她們簡直氣瘋了，一點也不溫柔地為我抽血打針，好像我害慘了這家醫院一樣。我算是救了這家醫院啊！搞不懂狀況……

越來越多的人發聲了，他們辱罵所有他們能歸咎過錯的人。有些人開始哭，更多的人被隔離。各大報的頭條都是S、S和S，一種開始在城市巷道間悠悠蔓延開來的病毒。

有一些人死了，我不知道是誰。

我只能無日無夜地被針扎著，注射更多的藥劑和做更多的檢測。如果那些被針扎過的地方，都能長出一根刺，那麼我就能變成一株仙人掌，讓每個人都更害怕接近我。

後來終於有人走過來跟我說了一句話，然後我知道我已經是確定病例了。

我腳上的石膏很快地被拆掉，院方將它當成毒物廢棄品拿去處理掉。

IV

天色亮得很快，我們被送到醫院時，整座城都睡醒了，只剩下我還黑著眼圈。醫院裡大家都手忙腳亂，不斷有人跑過來問我一些有關敏娟的事。不知道不知道，我不知道她有沒有吃什麼藥或生什麼病，我只知道她懷孕三個多月了。孩子平安嗎？到底是怎麼了？

我一直回答也一直問，但醫生和我都沒有得到想要的答案。

狗屁醫生一副什麼都不能確定的樣子，讓我很火大。

一直到九點多我才知道，孩子已經流掉了。

我去看敏娟，她看起來很累，連睡著的表情都很累。

後來她在醫院裡整整躺了一個禮拜……

我在專屬於我的病房裡，接受著嚴密的控管，一邊又想起那段往事。

病房裡的天花板燈開始對我竊笑。

「你在笑什麼？有什麼好笑的！」因為對它幸災樂禍的態度覺得很不是滋味，所以我一邊咳嗽一邊責難它。

「你最好給我小心點！我現在可是致命病毒的帶原者，當心我傳染給你。」我又說。但它繼續笑著。被惹火的我，很想憤怒狂吼噴它個滿臉病毒，但是我太虛弱了，連聲音都有氣無力的像默片裡的角色一般，只剩無聲的唇語可以使用。

所以我開始用微弱的氣音，由氣憤轉為悲痛，緩緩地補述著：「你別不相信，告訴你，三年前，我真的曾經害死過自己的孩子……」

聽到這裡，它終於停止了笑，開始怕了。原來，潛藏在我性格裡的毒，才是真正無可救藥的毒。

在盡可能不打擾到點滴和血管談戀愛的情況下，我側過身去，不再看那盞燈。但我知道它還在偷偷地期待著故事的後續發展。慢慢的，我把我的眼睛也閉上，反正現在，大家都不敢看我的眼睛了。目光也許是傳染的途徑之一啊！

「說到敏娟……，其實我根本就不愛她。我愛的是護士，一個幫我撿蘋果的護士。但是，但是她不再跟我說話了，她也不聽我說話了……。她只是驚愕地呆站在那間病房，看著我隔壁床的病人。我好想再聽她的聲音，可是我不知道她被隔離到哪裡去了。如果可以，你幫我問一下你的燈朋友好嗎？」

它點點頭答應我。

然後我繼續我的告白。

「喔，親愛的小護士，我真想念妳，想念妳在空寂的病房裡陪伴我。我願意娶妳為妻……。真的，我發誓，我發誓我要是能出院，一定找到妳。妳絕對不能死掉……」我的聲音激動了起來。

燈聽得很入迷，完全靜下來。我繼續徜徉在可愛護士的溫柔環擁裡，一些往事卻在此時又偷偷地溜了回來。

敏娟的媽媽後來趕到醫院，知道了敏娟流產的消息。她心疼啊！在我面前一直哭。

然後我跟她說，敏娟就交給她了。

接著一整個禮拜，我都沒去陪敏娟。其實我是生氣，氣她把我的孩子流掉了。我騙她說有報導要趕，但是我都偷偷跑去喝酒。我還把寫滿了名字的紙條給燒掉。那些火舞弄的姿勢和嘲笑的聲音，我一直忘不掉。倒是我和敏娟有過的其他故事，漸漸地就從記憶裡被驅逐出境了。

「敏娟……，護士……」

有兩個護士走進來，查看我的點滴。她們其中一個說：「又在自言自語了。」

「情況要是再惡化，就準備插管了。到時候想講也沒辦法講了……」另一個說。

我好像也聽見了輕輕的嘆息聲。我不確定，總有些聲音會一起被隔離在防護衣裡，你很難聽得清楚。

她們走出病房，把天花板的燈關掉。病房一下子寂滅。其實一直都是吧。黑暗開始漫過來壓迫我的身體。睜開眼就跟閉上眼沒啥兩樣。我又有點喘不過氣了。

其實，我都知道，我只是在自言自語，而燈根本不會竊笑。我只是不想讓這裡安靜得像是太平間一樣。我覺得我好可悲，連想流淚，都要等到燈被熄滅後才敢。這樣的憂鬱，是死前的徵兆嗎？我哭了。

迷濛的淚眼中，我看見可愛護士和敏娟的臉，漸漸地疊在一起，合成四年前敏娟的模樣。她帶著一臉抱歉跑到醫院來看我，用她溫柔的手給我削蘋果。

我想起來了，原來，這一切都發生在醫院裡。

那時我們還不認識，只是同時在某個現場，為不同的媒體採訪新聞。她不小心絆倒我，害我的頭跌破了一個大洞，然後救護車載走我，還差點搶了重點新聞的風采。

那已是將近四年前的事了。

後來她到醫院來看我，給我削蘋果吃，結果我們兩個人的臉都變得比蘋果還紅。我們就這樣戀愛了。

她每天都來削蘋果給我吃，陪我說笑……

「天啊，敏娟死掉了嗎？我的小阿成也死了嗎？不可以，不可以有人死掉……」

V

春天的尾巴。我想像有徐徐的微風潛逃進來，給我自由的撫觸。我覺得有點悶熱，也許是那些奔流在血管中的藥劑，真的發揮了作用，醒來後我發現自己流了不少汗。我把被子撐起再放下，像打開了一個大蒸籠，團簇的熱氣一下子逃了出去。

冰涼的空氣進入被窩裡，我清醒不少。把床頭上方的小燈打開，光亮從我這一頭漸層地砍到死灰的對角。整個病房有一種詭異的氣氛，好像舞臺的邊處有聚光燈亮起，所有的觀眾就把目光集中過去，將舞臺的一端如蹺蹺板似的壓下去，整個世界頓時呈現一種失衡的狀態。

我觀望著我的人生，像欣賞一齣舞臺劇。這戲，除了醫院，其他的場景都只是邊緣。

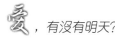

我大概真的好多了，甚至還能幽默地為這場舞臺劇取名字，叫「外遇？瘟疫伺候！」

但是一想到敏娟現在可能的狀況，我又幽默不起來了。

或許打從一開始，如果我沒有被護士吸引，這一切都不會發生。就像當時隔壁床的人，如果沒有受到別人老婆的吸引，整個疫情也會完全改觀……

如果我不是一個暴躁的人，如果我可以對敏娟溫柔一點……

在光線的安撫下，我漸漸潛入到思考的靜水之下……

忽然，另一端有聲響傳出。嚇一跳！我趕忙把我的目光投送過去，原來是病房的門被推開。

一個護士走進來，靠近我的床沿檢查我的點滴。

「妳可不可以讓我跟我老婆講講電話？拜託！」我終於鼓起勇氣，提出要求。

「她應該就隔離在家裡，讓我知道她的近況就好了，拜託。」

「這個我不能決定。」她語氣為難。我拉住她的防護衣，不放。我知道自己正在痊癒，力氣也大多了。

「拜託，她懷孕了，這幾天就是預產期，我只是想知道他們母子健不健康……」

「我真的不能決定，我只是……」

「這是我家的電話號碼，妳幫我打個電話去問問看也好，拜託。」我截斷她的話，把事先準備好的電話號碼遞給她。

「這……，我不能將你的物品帶出這病房……。這是隔離病房。」

我頹然鬆手。

入院至今，已經快一個月了。那些因為我的報導而恨我的醫護人員，都已經一輪又一輪地替換過，最初的那一批，據說有些已經離職，有些患了病，有些則消失了蹤影。我沒有再見過可愛的護士。但我也沒有忘記我的誓言。我每天都在猜，她或許就在某一間病房裡照顧著罹病的患者。又或是和我一樣，也生病了？

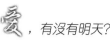

這段時間，這間被孤立的醫院，囚禁著一群被孤立的人，我們互相依存，卻又不敢太過靠近，結果我們都享受了太多的孤獨和寂寞，慢慢地有些變了。

甚至有一些奇怪的流言也跟著病毒在無心的口沫間流竄著。

聽說有一個小男孩出現在醫院，在每間病房裡穿梭，為住院的患者送信，像一個小小的郵差。

流言一點一滴地壯大，最後就會開花結果，變成事實。

只可惜身在隔離病房，送信的小男孩是不可能進來的。

我的兒子會不會也進不到我生命的舞臺呢？我想像著和小阿成一同嬉戲的畫面，他認真的對我說，長大後要當一名盡忠職守的郵差。

然而，郵差就算不來，信還是可以寫的。我決定要寫一封信給我的孩子。

拿出之前要來的紙和筆，舞臺上下，我們一起安靜下來。主角的我集中精神，讓書寫變成一條思緒的河，從腦海的上游，直至筆桿的下游，潺潺流入紙張的大海。

觀眾的我，發現窗外清晨的陽光，正一點一點地驅逐著對角的陰影。這個世界又慢慢地平衡過來。

然後我看見，舞臺的左邊和右邊，分別站著懷孕的敏娟和可愛的護士。中間，我站在那裡，抓著一封信。所有的人都在臺下，看著我如何決定下一步的去向。那個我，就站在那裡不動，用眼神向我求救。

VI

又過了兩天，感覺像兩年，也像兩秒。經過了長久的空白，時間感漸漸失去標準。

我被通知將轉往一般病房。

「我自己走就好了。」我對著想幫忙攙扶的義工說。

我一步一步，走到了新的病房，骨折就好像不曾發生過一樣。病房和病房間的沿途，還有許多的封鎖線將已經狹小的空間，不斷拉扯分割。S病毒仍肆虐著。一名護士從背後叫喚我的名字。我認得她，我試圖把家裡的電話給她，但她不收。

「你老婆生了，是一個男孩，母子都平安。」

「什麼？」

「我把電話號碼背起來了。」

我其實很累了，但仍撐起一個感激的笑容。快哭了吧，我。她好像也為我感到很開心，投給我淡淡的笑容。「你就是那個把事情報導出去的記者吧？」她問。

「嗯。」我答。更多的話語都溶在我們彼此無聲的笑容之中。

出院的那天，照我的要求，並沒有任何媒體來採訪我。就連敏娟，我也沒通知她。我只想讓她好好地休息。

安靜地像也正在緩緩降落的夕陽，我走出醫院，一身潔淨，上上下下包括隨身的物品都消了毒。

醫院外還在沸騰，據說又有新的病例發生了。S還沒有結束，整座城市仍熱燙燙地燃燒著。

我的心裡有一幀圖畫，畫著豐收的蘋果，一顆緊挨著一顆，在城市的一隅堆成一座山。有一顆蘋果病了，發燒，爛了，這怪病傳染開來，蘋果一顆顆壞掉，軟爛成稠糊的汁，流了出來，慢慢地把整座城都染紅。

還沒結束呢，還有很多事未被完成，很多抱歉也不足彌補的傷害等待填補……。而在這之外，S還繼續花粉般的四處飄浮、落地、生根……

重生的我，走在被落日餘暉撞擊得金閃閃的空曠大街上，一直想著那幀圖畫。街的顏色好像真的就要漸漸暗紅下去了。我感覺一無所有，除了一句「一定找到妳」的，給護士的誓言，和一張堅持消毒後帶出醫院的，寫給兒子的信。

蘋果屠城記

李振豪

然後我走向附近的攤販，打算買一袋蘋果……

李振豪

常覺得寫再多字，也拼湊不出一個自己，但寫出滿意的作品時，又覺得那作品大於自己好多倍。總希望能自在地頹廢，想依靠寫作來一步步達成目標。創作風格搖擺不定，也許冷漠多於熱情。作品出沒於PC家新聞臺「頹廢的下午」。

■ 兩個人的空城

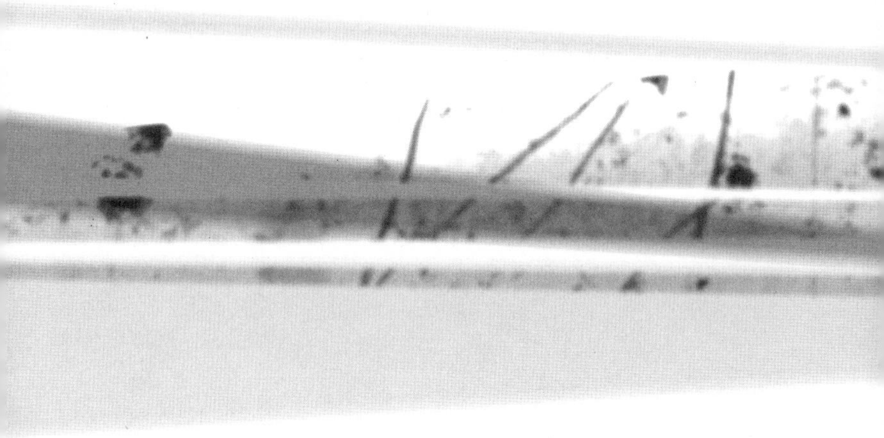

我昂首闊步走向數十個鏡頭前對它們狂喊：

「拍什麼拍！拍夠了沒有！……

我們也是人，我們也有家人！

我們為什麼要像犯人一樣在裡面？

這樣公平嗎？

你們公平嗎？」

——孫梓評

總是只有兩個人，我下班了之後家裡面就只有爸一個人在家。進了玄關，我走到客廳裡把手錶脫下，放在佛桌旁邊。順手點燃一炷香，喃喃自語般跟媽媽報告一下今天發生的事，或是爸的近況。

「小琴……吃過飯沒有？」爸的聲音從廚房裡頭傳來。

「吃過了！」我拿著香，獨白被打斷，只好拉長喉嚨先回答。

其實，也沒什麼事情好說，生活就像準備被撕去的日曆，麻木且公式化。爸的近況也乏善可陳。他老了。每天固定早晨四點半起床，不需要鬧鐘大哭大鬧，他自然轉醒，從床上一咕嚕爬起來，像是為了對抗房間裡的黑暗一樣，先打亮浴室的日光燈，刷牙、洗臉、撒一泡尿，抽水馬桶碰隆一聲像誰打了一個飽嗝的時候，我也剛好翻過夢境，醒過來。如果當天值的是早班，就跟爸兩個人對坐，吃各自的一份燒餅油條。

「今天油條還行嗎？」爸照例關心一下油條的品質。

「還不是一樣。」我的嘴裡同時有豆漿和油條，口齒不清。

他別過頭去，聽著收音機裡咿咿呀呀的小調，我低頭翻著報紙，看分類廣告裡抓姦、借貸、買賣土地。如果那天輪我值大夜班，就趁下班後去醫院旁的早餐店買兩份蘿蔔糕、玉米濃湯，換換口味。

日復一日。

每天，要真有什麼比較大的波瀾，不過就是護理長又發飆了：

「如芬，妳昨天那批病人使用過的藥杯，有在一四〇 PPM Presept 溶液裡浸一個小時嗎？」或者，「巧萍，妳下次要是再忘記讓病人在藥紙上簽名，上頭臨檢到了可別怪我沒警告妳！」這一類吹毛求疵的要求。

偶爾，烏雲也會飄過來，罩在我頭上：

「余香琴，護理學校沒教過妳嗎？四個小時量一次血壓妳都不知道？」

「我……」我本來打算答辯的——病人都偷溜出醫院了，還量什麼血壓？要我去幫空床、棉被量血壓嗎?簡直莫名其妙。但是，望著她滑稽的、因為癡肥而腫脹的臉孔，我突然失去了辯解的力氣。

畢竟，跟豬說話，要先懂得豬的語言。我寧願選擇沉默。私底下，我和同期畢業的如芬和巧萍，都喜歡叫她「黑寡婦」，因為她沒事就愛在白色護士裝外，自以為有氣質地罩上一件黑色披肩，還佯裝親切地跟病人問安道好。明明病人是不小心跌倒、腳受傷上石膏，她搞成是車禍糾紛、對方肇事逃逸;要不就是喜歡把病人家屬的名字張冠李戴，弄得大家一頭霧水。

我們才真懷疑她到底是怎麼從護理學校畢業的。有天，大伙兒偷閒聚在一起清點Y型紗布、無菌棉枝的時候，如芬神秘兮兮地跟我們說:

「噯，妳們猜猜有什麼新鮮事?」

「黑寡婦又研發了最新病毒，打算把我們通通毒死?」巧萍以一種機智問答、搶題成功的方式回答著。

「妳很不正經耶！」如芬轉過身，敲敲我的肩膀：「小琴，妳猜猜看。」

我想，我並不會比巧萍來得有創意，只好說出我心裡的願望：「黑寡婦被百人連署，過多病患抗議她失職且過度肥胖，院方決定將她開除？」

「哎唷！」如芬皺著鼻子，露出失望的表情：「妳們真的很固著喲，不要再管黑寡婦了好嗎？是五一一那個病人啦。」

「哪一個？」我們異口同聲地問。五一一房明明就住了兩個病人。

「當然是比較帥的那個啊，難道會是隔壁床那個全身刀傷的歐吉桑？」如芬指著我們的鼻子：「妳，還有妳，妳們都沒希望啦！人家早就結婚了，今天老婆也已經現身了。」

「真的啊？」巧萍比我還意外，她好像跟那位病人還蠻聊得來的，昨天，他還關心地詢問起在醫院裡的一些狀況，問巧萍適不適應之類的問題。

「當然囉，」如芬揚起半邊眉毛：「這麼好的男人哪裡輪得到我們？人家老婆都懷孕了，還不是不辭辛勞跑到醫院裡削蘋果給他吃！」

「唉……」我和巧萍又異口同聲地嘆了一口氣。

我們三姑六婆的話題還沒有結束，背後忽然響起一聲熟稔的豬叫：「妳們三個有完沒完？五〇八的病人要照X光，看誰去幫忙推床！」

總是只有兩個人，我下班了之後家裡面就只有爸一個人在家。我知道這種感覺，家的空蕩。爸一個人在家。我可以想像那種感覺。走過醫院前的大榕樹，我去轉搭公車，黃昏時的公車，天就要暗了。

回到家，我拿鑰匙打開了門，屋子裡沒點燈。黑暗中我看見父親的身影靠坐在老沙發上，客廳裡只有魚缸裡散發出來的燈光。幾隻細瘦的孔雀魚緩慢但自在地游著。

「小琴啊，我有件事兒……想同妳商量。」黑暗中父親的身影突然動了。

我的手放在日光燈開關的位置，不知道該不該打開它。

爸從來很少跟我商量什麼。

「妳……還記得陳媽媽嗎？她前些陣子跟我聯絡，說是，說是跟我很久沒見面了，想敘敘舊，所以，我們就約了碰面，去天香樓吃飲茶，」爸爸說話時並不看著我，倒望著那一缸魚。「那，那一天，妳陳媽媽還約了個朋友來，說是叫王太太。其實她先生已經過世啦！我們稱呼她何小姐，這位何小姐有三個兒子都在美國唸書，一個拿英美文學博士，一個拿化工博士，還有一個我忘啦……」

「爸，我不想相親，你不用說了。」我啪地一聲把日光燈打開。

「我知道妳不想相親……我，我不是要跟妳提相親的事……」燈光刺激了爸的眼睛，他低頭反覆搓揉著自己的手。

「既然不提相親的事，那我先進房去洗澡了。」我掠過沙發，打算走回房間，爸爸又從身後叫住我：

「妳知道，爸年紀也大了，再活也沒幾年了。這個俗話說，有花當折直需折，我是不打算折什麼花啦，但是，俗話又說夕陽無限好，只是近黃昏啊，所以我也是想了又想，想了又想的……」

我打斷了爸的喃喃自語：「爸，你到底想說什麼啊？」

他猶豫了片刻：「這個……，是我和何小姐……我們想試試看。」

「吓？」我停住推開了一半的房門，「那，媽怎麼辦？」

「妳媽？」爸爸維持著他的不安：「她都過世兩年了。」

「可是你已經跟媽結過婚了。」

「小琴，」爸爸擡起他枯老的臉，望著我：「我很寂寞啊。妳讓我跟何小姐試試好不好？妳不想相親，我想啊。」

我一直看著爸的臉，直到覺得陌生，冷冷地說：「你很寂寞？那你覺得媽寂不寂寞？我真替媽感到不值。她這輩子都在等你，等你退伍，等你退休，等你回國。你去國外一獃就是那麼多年，她也沒說要改嫁別人。而現在她不過是死了兩年！」

「我到國外去是賺錢，不然怎麼把妳養大，怎麼照料這個家？」爸的脾氣也升了上來：「我們做人，要講道理嘛。」

「講道理？道理就是如果你真的愛媽，你就不應該再跟別人好，不應該再結婚。」我用力關上了門。我不是故意無理取鬧，我只是不喜歡改變。媽死的那一年，我就決定了。小時候爸爸常常不在，好不容易終於退休了，回到我們身邊，現在他老了，不管怎麼樣，哪怕我不嫁人，也要守住這個家。

這個家，只剩下我和爸兩個人。

爸在門外猛力敲著：「小琴，妳開門呀，妳這小孩脾氣怎麼這麼拗……好，妳不開門，那妳聽我說……我又沒說要結婚，只是認識認識，大家做做朋友嘛！我都這把年紀了，還能怎樣？小琴……妳聽見沒有啊？」

我扭開音響，廣播電臺的臺呼猛然跑了出來……愛不分東南西北……因為突如其來的歌聲，爸爸可能嚇了一跳吧。

他不再敲門了，房間被廣告歌聲淹沒。門外是一種好奇怪的沉默。

五一一病房裡，我幫車禍上石膏的病人架起一把電扇，以保持石膏的乾燥。順便幫他注意一下石膏邊緣的皮膚有無摩擦、腫脹或變色。他有著一張好看的臉，但是憔悴。他醒著的時候，便專心地讀著幾份託護士們買的早報或晚報，有時也一個人抱著手提電腦，敲敲打打地不知道在寫什麼。

他好像總是若有所思地望著我們，心事重重的樣子。偶爾簡短的交談也很禮貌，有時還顯得沒頭沒腦的，像那天，我進病房，他剛好在吃蘋果，一不小心蘋果掉到地上，我拿面紙幫他把蘋果撿起來丟掉，他突然說：

「擦乾淨才不會有螞蟻。」

雖然口氣蠻溫和的，不過還是有點怪怪的，一種說不上來的感覺，我只好笑了一笑。後來又轉移話題地問他：「你老婆回家了喔？」然後，話題又簡短地結束了。儘管如此，他身上真有一種奇特的憂鬱氣質，跟一般的人不同，是很容易可以被辨認出來的。

這兩天，醫院裡的氣氛比較緊張，國外好像開始流行一種叫做S的病毒，來無影去無蹤，我們甚至不知道它的傳染途徑，上頭發下來的公文，也只叫大家要多加小心，反正國內尚無疑似病例，好像也有點事不關己。

不過我想，被我輕估的，倒是爸的決心。

第二天，我立即就見到了這位何小姐的「尊容」。爸把和她在茶樓裡合照的相片放得好大，還裱框起來，就放在客廳那缸魚旁邊。

「爸……這是怎麼一回事？」我邊把手錶脫下來，邊往裡頭大喊。

「小琴，妳回來啦！吃過飯沒有？」爸圍著圍裙走出來。

「我還沒……」我望著他手上端著的一盤紅燒魚頭：「你怎麼煮起紅燒魚頭來了？你不是一向最討厭吃魚頭嗎？」

爸傻笑了一下，皺紋堆擠起來：「那天何小姐說她最愛吃紅燒魚頭了，我想說可以試著煮煮看，下回請人家到家裡吃飯，總不能請吃燒餅油條吧？」

「你要請她來吃飯？這裡是我們家耶！」我真不敢相信。

「對啊……何小姐還說她喜歡暗紅色，我在想，我們家這窗帘也用了好多年囉，不如把它換下來，改用暗紅色的好不好？」

我沒說話。

「還有呢，我打算去學交際舞，這樣，下次人家辦那個什麼銀髮族派對的時候，我也可以邀請何小姐跳支舞。」

「爸，你瘋了嗎？」我走過去把他和何小姐的合照拿下來，放在地上。「媽媽的牌位就在旁邊，你不覺得尷尬，我都替你覺得尷尬。」

「我追求自己的幸福，有什麼好尷尬的？」爸把冒著煙的魚頭放在餐桌上：「你們年輕人……不就愛說什麼追求幸福、追求幸福的？」

「那是我們年輕人啊，你都這把年紀了！」

爸好像被我的誠實嚇了一跳。他有點口吃的辯駁：「這、這把年紀又怎樣？我招誰、惹誰了？」

「反正我就是不想見到那位什麼何小姐還是王太太的，拜託，現在的日子不好嗎？你為什麼要把這個家弄得烏煙瘴氣的？」越說我就越生氣，忍不住把那張照片拿起來，到廚房裡找出一個黑色大塑膠袋，打算把照片裝起來，拿去丟掉。

「妳在幹嘛？妳現在是幹嘛？」爸著急起來，打算要搶我手上的照片。

「不過是一張破照片，有什麼希罕？」

「什麼破照片，妳把它還給我！」爸的嗓門好大，我越想越氣，就像是童年的時候，總看見媽在房間裡偷哭，我不明白，問她爸怎麼還不回來，媽總是沉默不語，我早就懷疑爸是不是故意躲著媽？而他終於回到這個家，才幾年的時間，媽就快速地老去，又得了絕症，媽是那麼不快樂，爸難道看不出來嗎？如果他在乎媽，又怎麼會讓媽一直陷在這種悲傷之中，而現在，又想要認識別人？這真是太荒謬了！憤怒塞滿了我的胸口，我忍不住把照片往地上用力一砸……

「妳幹什麼？」爸用力地甩了我一巴掌，搶回那張放大的合照，「我今天就老實告訴妳吧，要不是為了妳，我早就和妳媽離婚了，妳以為我為什麼要長年居留國外？何小姐和我不是剛認識的，我辜負了她呀！她幫我生了三個小孩，忍氣吞聲過了這麼多年，我趁著我還活著，還給她一個名分，有什麼不對？」

我忽然覺得缺氧。整個腦袋空空的。

我深呼吸一口氣：「你們……不是剛認識的？」

這時，爸才驚覺他說漏嘴了，這一件沉睡多年的秘密。我要怎麼想像，眼前這個頹敗的老人，每天跟我在一間屋子，我一直以為我守住了兩個人的空城，原來不是——他那麼小心翼翼地藏住秘密，即便連媽死後，我都沒發現。

還是，我根本不關心他？

一股複雜的情緒湧上來，變成燙熱的眼淚，掛在我的臉頰。

我轉過身，跑出這一幢傷心的屋子。

我在街上一個人無目的遊蕩，望著滿街穿梭的人潮，竟想起所謂孤獨的問題來了。孤獨是什麼？我們都是生而孤獨的嗎？真想不到我也會落入這種處境。我還以為我人生最大的問題，是如何說服爸，我不用嫁人，我可以陪著他，走完人生。沒想到，不是我不要爸，是爸爸不要我了。想著，又有點心酸。

突然，我的手機，鈴鈴鈴地響起。

「余香琴嗎？」天啊，我真衰，是黑寡婦：「醫院裡有急事，全體回醫院報到。快！馬上！」我還來不及說些什麼，黑寡婦就掛上了電話。

不過，到這間醫院快兩年了，像這樣的狀況倒是第一次。我想，還是趕緊先回醫院吧。我隨手攔了一輛計程車，坐上車跟司機說了去處，還來不及找到號碼撥電話給如芬和巧萍確認狀況，司機一邊轉著方向盤掉頭，一邊打量著我：

「小姐，妳要去那間醫院喔？那裡聽說很危險吶！」

我盡可能保持微笑：「嗯，不好意思，因為我是那裡的護士。」心裡擔心著，該不會是醫院裡發生槍戰了，所以要臨時派我們回去支援吧？

這是什麼怪日子，所有怪事都讓我一股腦兒遇上了？我撥了如芬和巧萍的手機，都是通話中。夜晚的顏色在窗外黑得令人不安。

計程車停泊在醫院外頭，果然，醫院門口簇擁著一堆記者和 SNG 轉播車。我從側門進醫院，搭電梯直抵五樓外科，發現如芬和巧萍也都回來了。

「到底怎麼一回事？」我拉住消息靈通的如芬低聲問道。

「妳還不知道？」如芬的臉上有少見的凝重神情：「是S。」

「什麼S？大S還是小S？她們怎麼了？」我愣頭愣腦地反應不過來，今天受到太多刺激了。

「哎唷，就是國外那個傳染病S啊，」巧萍的聲音好像剛哭過：「聽說我們國內也有了第一例疑似病例。」

「怎麼發現的？」我總算進入狀況。

「記者獨家報導的。」如芬的口氣平靜的令我心驚：「就是我們那個五一一病房的帥哥。」

「吓？」我的腦中瞬間跑過許多畫面跟線索，太多畫面跟線索，我簡直來不及讀取。「你是說，那個車禍上了石膏的男人？他是記者？」

「沒錯。他是個報社記者。但因為身分隱密所以大家也不知情，大概這樣可以採訪到一些獨家內幕吧。」巧萍接著說：「他一直都蠻關心國外S傳染病的狀況，沒想到，他隔壁床那個歐吉桑，幾乎完全符合S的症狀。」

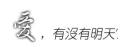

天啊！我們都一直以為歐吉桑的發燒是因為刀傷、細菌感染。

「所以他就寫了一篇匿名報導，發給報社，報社馬上把它頭條處理，沒想到引起相關單位高度的重視……如果那位歐吉桑確定是S病患，那我們全完了，妳，還有妳，還有我，我們全完了。」如芬的話中聽不出一點開玩笑的成分。

我趕緊找出手機，按下家裡的電話號碼……如果我是高危險群，那爸不也是高危險群嗎？早上我們還面對面吃了豆漿！剛剛還面對面結結實實吵了一架！天啊，真該死，我應該不要跟他講話才對！我為什麼要那麼生氣——可是，難道我不該生氣嗎？他藏著這麼大一個秘密。

電話鈴聲令人心焦且漫長地空響著。

「快接電話啊，真是的！」我氣急敗壞地撥了一遍又一遍，電話始終無人接聽。爸又沒有手機，這下我真的坐困愁城了。

「我可不可以先離開一下下？我有點擔心我爸，他沒接電話，不知道他怎麼了？」我詢問著如芬和巧萍。

「妳可能要問問黑寡婦，聽說，可能會封院。」如芬無奈地說。

「封院？」這是什麼意思？把醫院封閉起來，讓我們在裡面自生自滅？我們甚至不確定有沒有人染病，或是該怎麼對抗這個莫名其妙的傳染病耶……「妳是說，我們不能離開醫院了？」我小心翼翼地問。

沒有人回答。

我試著回想剛剛跟爸對話的最後一眼，是什麼？

我的心裡則不斷責備著自己，如果我真的把S傳染給了父親，那麼，我被關在醫院的期間，誰來照顧他？

想著，我忍不住又撥了一次家裡的電話，依然只有空響回應著我。

爸到底去了哪裡？

結果，消息被證實了。

我看見院長在媒體鏡頭的包圍中，承認了第一例S病患確實就在我們的五一一病房。整個S病菌散播的狀態已經不知道是第幾天了，我們都不知情，也沒有被告知。有一隻比命運更無情而殘忍的手把我們輕輕提起來，放到一個透明而恐怖的位置去。

封院的命令同時下達，黃色警戒線拉起。我們又不能棄病人於不顧，大家抽籤穿防護衣進病房，幫病人換藥——可是防護衣根本不夠啊。

巧萍偷偷躲在休息室哭了起來，我們都戴上口罩，想要給彼此一個擁抱，卻不知道這擁抱是否會把毒菌帶給對方？

「我好怕！」如芬私底下偷偷跟我坦白。「就這麼粗糙的封院了，帶原者和非帶原者雜處，就算沒病也變有病了！」

「對啊！雖然我們的職務就是照顧病人，可是，也不能讓我們莫名其妙送死嘛。」巧萍邊擦著眼淚，邊說。我從五樓往下望，看見黑夜中，隔離線外，一片媒體群集著，他們的鏡頭都瞄向了我們，我們是罪魁禍首，我們也是手無寸鐵的受害者。我們到底是什麼？白衣天使還是白老鼠？被關在一起等著實驗證明嗎？而我，甚至聯絡不上我年邁的父親！

一股憤怒像燃燒起來的野火在我胸腔裡亂竄，我推開休息室的門，從安全門的樓梯一路向下，再向下，走到一樓亂晃晃的大廳，穿過人群，穿過聲音，穿過門口的保全人員，自動門嘩地裂開，我昂首闊步走向數十個鏡頭前對它們狂喊：

「拍什麼拍！拍夠了沒有！有沒有想過我們是什麼滋味？你們以為我們喜歡感染S嗎？憑什麼我們要在裡面等死？我們也是人，我們也有家人！我們為什麼要像犯人一樣在裡面？這樣公平嗎？你們公平嗎？」

瞬間閃起的鎂光燈弄盲了我的眼，我想起爸。不管我們之間隔著多少秘密，隔著有形無形的那些什麼……說穿了，這座城市還是我們兩個人的空城啊。當這個生死的瞬間湧上來，我只想抓住最後這一層依靠，不然，我就什麼都沒了。

一邊罵著，我的眼淚撲了上來。全副武裝的保全人員抓住我的手，要把我抓回醫院裡，我愈發不甘心：「抓什麼抓？我說的話有錯嗎？你們憑什麼抓我？不要碰我！你們政府官員要是有擔當就出來！來看看我們的處境啊！為什麼我們活該如此……」

在一片慌亂之中，在我幾乎失去理智的狂喊時，黃色警戒線的那頭，忽然，我看見了銀白著髮、微駝著背的父親，他在人群後頭，很努力地，想要擠過滿滿的記者與旁觀的人潮，可是人實在太多了，他被前推後擠的攝影記者給推倒了，整個人跌到了地上。突然，我忘了下一秒我要說的是什麼。

我想要大聲喊他，卻又喊不出聲，眼睛裡都是淚，然後，我看見爸蹣跚地爬了起來，他彷彿也看見了我，我們隔著警戒線，和難以計數的陌生人，我看見他就擠在人群之中，在街的那頭，緩緩地揚起了手，示意要我進醫院去。

望著他的身影，我僵直的身體漸漸柔軟下來。我望著父親的臉，直到，覺得他仍然是熟悉的他。不管他背負著多大的秘密，不管他怎樣傷害過媽，我知道他關心我、掛念我，就像我關心他、掛念他——有一條隱密的線聯繫著我們，那條線如此細密，但是卻無法忽略。

我轉過身子，背對著大量的鏡頭和嘈雜的記者七嘴八舌的詢問，慢慢地走進醫院。我想，不管我們有沒有感染S，這一刻，我們都學會了原諒。

孫梓評

文字創作人，喜歡閱讀故事或其它，偶爾書寫故事或其它，還在摸索「其它」所能代表的可能。已出版短篇小說集《星星遊樂場》、《女館》。

盡頭

其實，

那更像是對窗外整個坦蕩打開的世界寫了一封信呢！

是啊，

我其實很想念你們喔！

到外面去，進裡面來，

不是這樣分的，

而只是，站在我這邊而已。

——陳柏青

盡頭

陳柏青

就在盡頭之前。

好像打開什麼缺口似的，亮澄澄的光就這樣湧入走廊，嘩啦啦，窗簾拍手的聲音聽起來其實更像水流浪花，一切都彷彿被關在玻璃後面的水族箱中，點滴聲在更遙遠的地方答答滴滴。

我躺在病床上，床有四個輪子，大路長長順著半閉眼皮下浮凸眼珠輪動轉前，這樣來往於長廊之間。好奇怪的是，我從來不知道這條走廊的一頭到底有些什麼呢？一直到達不了長廊另一端，這條走廊太長了，總讓我走不到最後。

「就快囉！有一天，你就可以出院囉！」

照顧我的護士把我推出病房，這樣對我說。邊指著長廊一端白光散漫處，好像電影裡什麼地下迷宮的出口總倒插著一條糊濃的光柱，可是，這個「有一天」總是失約沒有來呢！我想起還沒入院前經常玩的電動玩具瑪莉歐，胖胖的水管工不論如何矯捷的躍盪勾蹬，最後只會不小心掉入食人魚池還是一個個深不見坑底的鋼管裡，就好像我，病床這邊推那裡移的，卻終究只是一頭撞入長廊上各個病房中，耳邊一直沒有響起過抵達終點的破關配樂聲。

如果那個「有一天」來時，媽媽能陪我一直走到最後就好了！

我經常這樣想，等著媽媽快來帶我走。我們一起手牽手，走過這條白色走廊。但媽媽到現在還沒有來帶我，於是，身體像聽見我的願望似的，鬧起情緒出現各種彆扭症狀，昏厥抽筋上吐下瀉，稱職表演各種生理特技好讓我繼續留在這條長廊。時間越來越久了，長大的好像只有走廊，走廊越變越長，媽媽一直走不到我這頭。

四輪病床推我在長廊上來來去去，房門開開關關，身體好的時候我也下床走，闖這探那，一襲連身白病衫肩上掛著像勇士斗篷，躡著貓步，廊壁上銅牌銘刻：「五樓第七走廊」，我覺得自己就是五樓第七走廊的國王——五樓第七走廊之王，日日巡邏國土，探視我小小的城。

我以為這就是這條長廊的所有歷史了，像那些我所聽過的故事書中情節，五樓第七走廊之王活在一個正在被講述的歷史故事中，日復一日，情節好長，每天都請明日繼續觀賞，走廊長大，我像壁上雕像跑不出就固定在這兒，所有我記憶下來的故事橫卷拉開，一如走廊兩面大片牆壁，蒼白綿延。

時間不再是我經常聽到的好久好久以前，那個時候，像一陣亂風過，長廊上病房門板一時掀覆翻闔如浪起，這是五樓第七走廊之王擁有最多臣民的一刻，貝殼吐沙似，好多人從白光盡頭被倒了進來，一尾一尾放入原來寧靜的長廊生態圈中，成群像被驚散的魚群四處洄游，長廊滿溢的光中一時之間都是載沉載浮的頭顱。

發生什麼事了嗎？

我好奇探頭，拉拉肩上長衫，整衣冠，國王要出發去巡視國土，探訪民情了。

而一隻手逆著把我推進房裡，國王擡頭，還有人比國王更高更威嚴在上俯望，巡房護士叉著腰，也是一副驚惶的樣子，帽子都戴斜了，告訴我：「不要出去喔！在這裡乖乖待一下。」

「發生什麼事啊？」我一派威嚴的問，算算時間，這條走廊我來的要比護士久，國王有權力發問。

「我也不知道喔，不過，小弟弟，不用怕喔！不會有事的！」護士摸摸我的頭，走時像一陣風，門口玻璃窺口留下一抹白影。

好像很刺激呢！我邊想著邊坐上自己的床，窗外晴空大好，初春天氣，而隔著一面牆，廊上人們如沸水裡活魚蹦跳騰尾，兩個世界的夾縫裡，只有我一個人在，這樣靜。

大人都慌了，我卻不怕。這讓我得意了起來，對著窗外吐舌搔搔頭，想想就笑了，這也難怪，畢竟我是五樓第七走廊的國王啊！

那我更要出去看看！

盡頭

陳柏青

五樓第七走廊之王準備微服私訪。我隨手搭上一件薄夾克，像披上一件披風，窗外風吹袍漲就要遠行。

倚門輕推，我本來只是想打開一小細縫悄悄溜出去，想不到門板撐不住身體重量，嘩一下向外彈開，這下子我反倒慌了，真糟糕，該不會到時那些走廊快溢滿的人們就會像滲水一樣鑽到洞就全往我房裡淹？

奇怪的是，不過一下子而已，走廊卻像淨空了，似乎剛剛我進門的剎那，走廊陷落傾斜還是地動，把廊上人們一下子全沖到我所不知道的地方。只剩下這條走廊在，日光竄流，走廊兩側一扇扇門全都閉上了嘴掩得緊密的，連空氣裡原來還可依稀看見的小灰塵浮動顆粒都不見了，乾乾淨淨。我忽然覺得，這是個死去了的水族箱景觀，所有的生物都遷移離去了，只剩下珊瑚礁盆景旁小風車好寂寥咕嚕嚕打出慘白的水泡。

大家都丟下我了嗎？

我忽然覺得害怕起來，媽媽一直沒有來，長廊上，瑪莉歐一個一個在破關過程中失敗了，最後，挑戰者只有我一個人，五樓第七走廊的國王自己統治自己。

我急急前奔，往離我最近的一扇門撞去。

瑪莉歐掉入水管後，總是一個截然不同的世界呢！撞開門板後，我也忽然有一種一腳跨入另一個世界的感覺。

是和我一樣的房間沒錯，床的擺法，窗戶的位置，牆邊那一櫃子熟悉的儀器，還有床畔已然有鏽斑的點滴架，一切的一切，就好像是複製我床邊景物的風景畫般，反正這個醫院裡所有的病房都差不多！讓我覺得訝異的，是床上的人。

床上有人嗎？初時，我還好奇的窺探著，床不知道什麼時候掛上一層塑膠簾罩，四方緊密圍著，讓我想起露營帳篷。在我眼中，那更像是恐怖電影裡異形外星生物的培養皿，透著塑膠罩看，就會有一陣白煙撲上，好恐怖大頭怪臉噴著黏液嗚呼呼瞪著人。

在那裡面，有什麼被關住了嗎？

我退後了幾步，背脊抵住門板，視線拉遠了，這才見到塑膠罩裡原來躺著個人，腳近頭遠看得不是頂真切的，而塑膠罩之外，一張小方桌吸引了我所有的視線，桌上一只綠色大盤帽擺著，如同幽浮停泊。

我偏著頭看著少了主人好孤單的幽浮帽，忽然想到，是不是走廊上的大家都像這個人一樣各自躲在走廊兩側病房裡呢？他們都不打算離開這條走廊嗎？還是他們都像我也有一個人好去等待？

我伸出手，想摸摸小方桌上帽子，手指才碰觸到帽沿，塑膠罩裡就有了動靜，原來呈現弧度的平滑罩面忽然起了摺皺，一雙眼貼著透明罩膜凝視著我，嘴上噴氣糊開臉面一片霧白。

「對不起，我不是故意要拿的。」被嚇了一跳，我趕緊縮手，順勢跌坐一旁小椅上，身子向椅子裡縮並強調：「真的對不起，我只是好奇！」

塑膠罩裡那人用明顯戒備的神情看著我，頭挪後縮了一下，但又彷彿要捍衛自己放在桌上的帽子不讓我碰，眼睛瞪大始終沒有退怯。

「你……你是警察嗎？」我被他瞧得有些兒怕，頭低低的問到。

塑膠罩裡的人搖搖頭。

「那你是？」

那人看了我老半天，好像我才該是罩在塑膠罩裡被觀察的人。他伸出手在胸口一陣掏摸，我原來以為他要拿出死光槍一類的東西（他果然是外星人啊！），卻原來是枝筆，變魔術一樣，又掀出一張紙來，手腕動了動寫下什麼，隔著塑膠罩浮貼出紙來黑字鮮明：「郵差。」

原來是郵差啊！我恍然大悟，難怪有這麼好看的帽子！但他為什麼不說話呢？他在害怕什麼？我覺得有趣極了，剛好床下就塞了一個郵便袋，大綠包包，看起來應該是郵差伯伯的，我從裡面也翻出一張廣告傳單來，拿起桌上的筆，就想跟這個不說話的郵差伯伯玩個遊戲，一個寫信的遊戲：

給　郵差伯伯：

你在裡面做什麼呢？

五樓第七走廊之王　上

將傳單高舉至郵差伯伯視線能及的高度，這可是我第一次寫信呢！以前在醫院無聊的時候，我也常常自己假裝寫信給自己，想不到第一次寫給別人，對象就是郵差，把眼光當成郵票，速寄速達。

郵差伯伯呆了一下下，嘴角拉成弧，可能是他在裡面也好無聊，也陪我玩了起來。這是我第一次看到他笑，很郵差伯伯的笑容，郵戳上印章弧線彎彎那種，他也拿起紙寫道：

給　五樓第七走廊之王：

只有你一個人嗎？怎麼可以亂跑呢？你在外面做什麼？

郵差伯伯　上

我在外面？你才是外面來的人吧？是所謂來自外面大世界的人，可是，外面的人又進來醫院裡面做什麼呢？我一直都是在醫院裡面的啊！只是現在，你們把自己關到比我更深的裡面了，在那個大塑膠套帳篷裡。

裡裡外外其實我也搞混了，我只是想弄清楚，大家在怕些什麼，為什麼要躲到那個塑膠罩裡，還是，醫院其實怕的就是大家，所以把人們都關在塑膠罩裡了？

遊戲很好玩，信一封一封的寫，郵差伯伯一直都沒跟我說為什麼要躲進塑膠罩裡。只是告訴我，他來幫醫院送信，誰知道，進來了後，忽然就不能出去了，我不知道他說的「出不去」，是指出不去這個醫院，還是他不能離開這座像太空艙的塑膠罩？伯伯看我的眼神像看野生動物園裡的小獸，打不準主意要關起牠，還是任牠隨意走。

放心，我可是五樓第七走廊之王呢！這條走廊的一切，都歸我管。

我用力拍拍胸部，弄得自己喘不過氣一陣咳，不是兩三聲，伯伯卻害怕了起來，身子一縮，躲入塑膠罩更深處，好像擔心我的咳嗽把他吹垮似的。

坐了好久也不見伯伯起身，我試探的叫了叫，最後留下一張紙條充作信，給郵差伯伯，我明天再來看你了！五樓第七走廊之王要回皇宮了。

奇怪的是，那晚，每天巡班的護士姊姊也沒有來，少了例行抽血，我可以沒有打擾的在夢中那座遊樂園的城市來回的走，家前的小路都被淹沒在亮花花的白光裡了，一直沒有盡頭，我拿著一封要捎給媽媽，好重要好重要的信，找不到正確的地址寄。

早早起床後，我趕緊再去找伯伯，幸好伯伯還在，伯伯比我還好奇，問我好幾次了，卻又不想走出塑膠罩自己去探險調查，他問：今天外面怎麼樣了?

很好啊！一樣長長的走廊白白的牆，一樣沒有人。

這剛好也是我常問伯伯的，外面怎麼樣了?

在我不在的時候，醫院的外面變成怎麼樣的世界呢?

給　郵差伯伯：

有時候，我覺得你好像是外面世界寫給我的一封信呢！

五樓第七走廊之王　上

我這樣寫道，平貼在塑膠罩上給伯伯看。伯伯是外面世界寄來給我的一封信，雖然現在包在塑膠罩裡總是模糊一片，但只要我來看他，我相信，有一天，一點一點的，就能把他從那個塑膠信套裡抽出來閱讀。

郵差伯伯紅著臉笑了。今天走廊的情況好了一些，白衣服的醫生叔叔們再度在走廊上出現，害我溜出來還要先小心被這些瑪莉歐遊戲裡的魔王抓到。可是以前他們遇到我還會摸摸我的頭擰一下我的鼻子說好乖就要出院什麼的，現在只是好嚴肅要我快回自己房間。大家都要把自己關起來，連伯伯都告訴我，那塑膠罩是他自己要求掛起來的，好像很多不能離開醫院的人都這樣要求，好和別人隔開來，聽說是因為一種什麼病的關係，我知道的不是很清楚，但來到醫院的人，不都是有病的人嗎？為什麼大家忽然這麼害怕起生病來？而他們唯一的解決方法卻只是把自己關到更深的世界裡。這條長廊慢慢伸出它的觸角搭築在眾人之間，把大家的距離都隔開了，有些人不再離開房間，有些人像伯伯只願意待在塑膠罩裡，更多的人，就算只是眼神碰觸都害怕迴避著，在連空氣都不願意分享的世界裡，我想，這就是真正的水族箱生態，一個生物一個族群，沒有在一起的可能。

給　五樓第七走廊之王：

你也可以常常寫信給你在外面的爸媽啊！

郵差伯伯　上

「不，他們都在這裡面了。」我敲敲醫院冰涼涼的牆壁，發出低沉回音，聲響帶我和郵差伯伯回到五樓第七走廊之外，在五樓第七走廊之王的事蹟還沒成為一則故事之前，那樣殘破只剩下光影擦逝閃爍的印象——來車交錯，車輪發出的嘎嘎刺響，像曳光飛彈般拖行撞出視網膜的殘存車燈光照，眼前大亮，我再醒來時，已經是在醫院病床上了，病床四輪接替車輪，繼續行駛在好長好長沒有盡頭的走廊之上。

媽媽總有一天會來接我的吧！

我想著，眼珠骨碌一轉，換了個話題，給郵差伯伯，當郵差一定是個很好玩的職業，可以遇見好多人，走過好多路。

郵差伯伯想了想，點點頭，手上筆桿牽著我，走起外面那個世界我不熟悉的縱橫市街圖。哪家小巷轉角小花狗汪汪吠，老追著郵差後輪跑，伯伯前輪才駛到路口豆花店，豆花阿婆怎樣殷勤等待捧一碗溫熱在懷，於是信也不送生意也不做，兩人椅上長坐，聽豆花阿婆抖開信紙抖開半生故事思想起，直談到夕陽將斜，半個城市還有大半故事好說好去送。

這樣無數長街短巷交錯逆結的故事城市，直橫縱斜，怎麼走都有盡頭，卻又不想好快就結束，可以一家一家沒有停下的繼續下去。

比待在醫院裡面好多了吧！我點點頭，又搖搖頭，畢竟，原來在外面的他們，現在卻只能待在更裡面！

怕是不能出去了，真想把這些信送完啊！郵差伯伯在紙上寫了大大幾個字，紙背後一臉遺憾的表情，皺紋深深蔓爬到我的心裡。

我靈機一動！「不然，我幫你送好了！」

我開始跟伯伯解釋這個五樓第七走廊有史以來最大計畫！不是真的要離開醫院，我只是想把伯伯騙離那座小塑膠罩。我的想法是，由五樓第七走廊的國王提供這條走廊的地形圖，依照病房床位分佈，給那些或者深鎖房門，或者好久不敢離開的五樓第七走廊的我的人民們一人一封信，告訴他們，其實我很喜歡他們，「要好好加油喔！我寫了一封信給你們，而你們要更有勇氣的，告訴別人，『嗨，我還在這裡喔！』的消息。」我這樣寫道，一筆一畫好像要把什麼斷裂的給接起來，再由郵差伯伯負責參考我畫的地形圖標上病房編號床位號碼，決定路線圖，這下子連伯伯都要自塑膠罩內出來好主持大局，五樓第七走廊郵政事務於是正式開始營業。

伯伯不准我進入其他病房裡，或者太靠近任何人，怕我因此給傳染了，於是我只好把這一封封信塞入門縫或張貼在病房門前。我在走廊上走著，不知道每扇門後面有怎樣的故事，但我親愛的人民們，他們一定都很寂寞吧！不是因為被關在醫院裡的關係，而是因為他們也把自己關著，不容許任何人進入。

我不知道會不會有人也會想寫一封信給我呢！但這是個開始，沒有人是在裡面的，只要可能的話，不論裡面外面，我們都在一起。

「每一封信裡都有一個故事好說，我以前都想，郵差沒有故事好可憐，只能幫人送信！」郵差伯伯想了好久，放下手邊的筆，擡起頭看著我，認真對我說：「現在我才覺得，這麼大一座城這樣繞啊繞的，也是在寫一封信呀！腳踏出去就是故事，我在完成的，其實就是這座『城市』本身喔！要去把所有的故事都連結起來。」

我搖搖頭，不懂，但覺得郵差伯伯是這樣好的一個人，那頂大盤帽就橫放在小桌一側，伯伯把它戴起時真威風，好像幽浮真的起飛了，一整個城市都在伯伯眼下。

「從這封信開始，有一天，這條走廊的人也會因此想起身邊的、其實好重要的人，並為他帶一封信去，告訴他：不是只有他一個人喔！」伯伯若有所思的告訴我：「就好像，有你在我身邊一樣。」

寄出的信像播下將抽芽的種子一樣。

「那五樓第七走廊之王也會想寫信給誰嗎？例如，給媽媽？」

伯伯這樣問。

可是，媽媽已經在這裡面了，我望著房門，長廊掩著光在壁上折射出深淺不一的陰影線條，像一張帶著魚鉤有刺的網，我和媽媽，都被網在這條走廊上。

「不對喔！」郵差伯伯脫下帽來，把他戴到我頭上，帽子好深，一下子罩住我雙眼黑烏烏看不見，但仍能聽見伯伯說話。

「因為，他們都在這裡面了。」伯伯輕拍著我的胸口，這樣說。

「我們來寫信給你媽媽吧！」

我不太懂，但覺得好溫暖的，雙手捧著胸，感覺那裡面一蹦一蹦的，熱燙燙，好像也有人在裡面敲門，要遞上一封信來。

郵差伯伯抖開大面棉被，白淨像一張帆，他要我拿起筆來，寫信，給媽媽看。

給　媽媽：

其實，我很想你的喔！

五樓第七走廊之王　上

郵差伯伯拉開窗戶，一抖一揚，棉被如張翼將飛，開出窗口外一朵白花來，那樣素淨而醒目的顏色，那樣輕盈的飛翔，那樣的想念。

其實，那更像是對窗外整個坦蕩打開的世界寫了一封信呢！是啊，我其實很想念你們喔！

到外面去，進裡面來，不是這樣分的，而只是，站在我這邊而已。

怎麼這樣就覺得幸福了呢！

我覺得眼睛濕濕的，水族箱出現一條一條裂縫，全滴到我眼眶外，很快，裂痕擴綻，框格界線嘩然崩裂，流光傾洩，那些被我關在心裡更深盡頭裡的什麼都像好著急要跑出來般，是誰從遠方寄來一封信？於是我攤開新的自己，回給對方更有勇氣的一生。

「這麼想來，搞不好這場病也是病毒要寫給人們的信呢，試圖要傳達些什麼訊息，只是我們都還不了解！」將棉被固定綁妥在窗戶上，飛揚寫給一整個世界看，伯伯覺得好滿意似的，手叉腰，看看攤在地上皺巴巴萎靡成一團像褪下來繭殼似的塑膠罩，用腳踢了踢。

「那，五樓第七走廊之王，你也要離開這裡，到外面去喔！不只是五樓第七走廊，你的世界，在更遠的地方！」伯伯這樣對我說。

「外面？」我搔搔頭，棉被乘風翻浪，壓出陰影打在房間地上，彷彿世界也回了封信給我，原文照抄，原來，他也很想我呢！

「你還是個孩子啊！」伯伯將頂在我頭上的帽子拉正，左扯扯右扶扶像插好一盆花。

「所以你要繼續長大喔！好好的活下去，就算是這場大病過去，你也要成為一封給未來的信，好好把這一切告訴下一個世紀的人們。」

給　未來：

我一定能到你那頭的！

五樓第七走廊之王，這個世界都要長大的小孩　上

有一天，我會到達那裡吧！

我點點頭，大盤帽頂著覺得自己也是個郵差，要去傳達給別人一些好重要的事，雖然那件好重要的事是什麼我還弄不太清楚，但我想有一天我就會知道了吧，並且在知道以前，繼續朝那個「有一天」邁進。

知道了，也就能長大了吧！

那有一天，也請讓我找到我媽媽！

換我帶她離開！

這樣想著，我握起了拳頭，第一次下了決心，匆匆對郵差伯伯行了個禮，背轉身，覺得伯伯的視線還跟著我的，像為我蓋上一個郵戳，不論我去到哪裡，始終記得他，記得我們在一起時我與這個世界的小小承諾。

大步跨出病房，走廊筆直，原來狂湧強灌而入的光都退去了，步道清晰，白色牆壁一動也不動來不及攔我，房門一格格切出線條像跑道標線，媽媽會在走廊的另一頭嗎？如果她不來，那我要自己找到她！我跨出第一步跑了起來，原來走廊是這樣的短，連身白衫強往耳後扯去，窗帘薄紗晃眼就過，逆風飛行，一切都在我的背後，長廊越跑越短，盡頭在即，光在前，世界只會越跑越大。

就在盡頭之後。

陳柏青

一九八三年夏登陸星球，和鐵金剛小飛俠與總在最後一分鐘才登場的大頭目一起長大，到他們終究都老了只剩下一個我。曾獲全球華文青年文學獎、教育部文藝創作獎、臺北文學獎等。現就讀東吳大學，還有好遠好遠要大踏步繼續前進。

死亡的溫度

我知道，

這是我一生中唯一有機會這麼接近他的時候，

我應該鼓起勇氣，

做一件讓自己不會遺憾終生的事。

我輕輕取下口罩、

輕輕撫著他的臉，

我親了他。

——譚華齡

「小姐，妳們今天的午餐很難吃喔，不能換一個廚子嗎？這樣一天還要一八〇啊？」

十一床每天都抱怨他的餐，其實他不知道那是因為他的味蕾已經萎縮了，就算給他魚翅、鮑魚，他也會覺得難吃的。

「我知道了，我會轉告護士長的。」我盡量笑得很無奈，讓他覺得他反應的真的是個問題。「妳要記得啊，另外那個護佐妳看到沒有？從來都不理我。」我又笑了笑。

醫院嘛，本來就是個失望比希望多的地方。

去年十二月，因為拒絕派遣部經理的「下班後邀約」，我被所屬的看護公司，從城中最新最現代化的醫院，調到這個老醫院來作不定期看護。

其實這樣倒好。我壓根兒沒喜歡過那外表像五星級飯店的大醫院。至少，這只有五層樓的老醫院裡，我還聽得見小鳥的聲音，聽得見護士和病人開玩笑。

我記得，小時候我患氣喘，有幾年，經常住進家附近的榮民醫院，那時候的醫院，每個病房都是一幢平房，整個院所像是小公園，晚上護士巡病房還得拿手電筒照路。

可我喜歡那種醫院。

院裡的每個人都會笑會說話。即使隔壁兩床的阿桑天天鬥嘴、即使目睹對面病床的阿公從病重到往生、即使知道這個充滿藥水味的空氣裡，沒有人停止被病痛折磨，但是，沒有人忘記自己會說話，也幾乎沒有人拒絕聽別人說話。

或許因為這樣，我沒有怕過醫院，甚至，沒有怕過死亡，在我的記憶裡，死亡的顏色，還蠻接近溫暖的昏黃。

只是，這一切在我當了職業看護員之後，都改變了。

派遣公司給我們的第一條規章是：妳是病人生命中的過客，或是最後的陪伴者，不需要讓自己和對方都懷有留戀。於是，我在距離中掙扎，這讓我的溫度降低。面對死亡與離別，我仍然不害怕，但是，卻總覺得冷。

「五三三，四一一A的病人往生了喔，妳今天開始改照顧三二B。」

五三三是我的員工編號，我已經很久不需要自己的名字了。病人也沒有名字，他們是用病房和床號來標記。

「對了，三二B是個S的高危險群，請準備口罩，看護完後要記得消毒。還有，從今天開始，醫院隔離，所以待會兒你們換病房前記得先去打個電話處理一點私人事情。」組長好心的提醒讓我正視，S真的在這個老舊醫院擴散開來了，而且，我們這些原本只是看護老年慢性病患的看護員，即將成為S病患的第一批專職看護。

「妳覺不覺得這個醫院真的很過分？」跟我一起被調來的同事剛收拾好上一

位病患的床褥，正跟我一起往三號病房去，那是新的隔離病房，是的，她也被調去作另一位高危險群的看護了。

「什麼叫做我們是專業人員，所以適合做疑似染S患者的看護？幹嘛不叫他們自己的護士來看呢？她們更專業啊！還不是因為我們是派遣公司的人，死我們沒關係……」

她不住嘴地抱怨，我只是耐心地聽，聽得有點恍神。照顧誰對我都沒分別，我所關心的，不是會不會染病、會不會死，我擔心的，只是我從今天起得待在醫院不能回家，剛剛匆忙打電話給房東太太，託她幫我餵貓，她究竟會不會照做呢？我的愛貓寶兒不知要多久看不到我，應該會生氣得在屋裡到處亂尿尿吧！

至於我要看護的病人，是什麼樣的人，對我，都是一樣的。

我們走進三號病房，我注意到路過的護理人員多看了我們幾眼，好像我們要走進什麼禁區似的，那眼神，帶點驚懼，也有點感激，真是種奇怪的組合。愈接近三號病房，空氣的味道愈沉重，我身邊的同事看起來心情又比剛才更壞了。

「五二八，妳的病患是位小女孩，她有氣喘病史，妳要注意她的用藥量，還有要注意不要讓她跑到其他病房。五三三，妳的是一位跟你年紀差不多的男子，他的檢驗報告一週後會出來，不過看他的狀況，應該已經染上S了，只是他自己不知道，暫時請妳保密。」三號病房的護理長對我們說明病人狀況，她的臉上寫滿了疲憊。我記得她才剛剛結婚，我想，她一定很不甘心就這樣被隔離起來吧！

我推開二號床的房門，這間兩人病房現在因為改成隔離病房，所以只住他一個人。不知道為什麼，我的心情反倒不像大家沉重，我甚至想，如果他沒睡著，搞不好我還可以說笑話給他聽。

「午安，我是醫院的派遣看護，從今天開始負責協助您在本院的生活。」我敲了敲門後把門推開，簡單的自我介紹。男人醒著，但是他正望著窗外，似乎沒有聽到我說話。我往前靠近他的病床，床旁的小櫃凌亂成一團，我想，他的心情大概很糟。

我沒有繼續喚他，就讓他發一會兒呆吧，人哪，要有時間、心情放空自己，可也不是件容易的事。

邊收拾著，我半玩笑地想，嗯，等會兒轉過頭來的，會是張什麼樣的臉呢？是像黑道大哥滿臉橫肉，還是像個憂鬱小生？

我擡眼先看了看他的床頭病卡，手上的整包面紙啪地滑到了地上。雖然聲音不大，但是他卻轉過了頭來。「難道就不能小心點嗎？如果掉的是會破的東西，也可能會砸傷我耶！」

他一臉的不滿，我忙著道歉，快速的低下頭。他沒再說什麼，又轉回頭發呆，他，沒有認出我。

不，應該說，他不認識我。只是，我早就認識他了。

他叫李志保，讀高中的時候，他是我隔壁班球隊的隊長，意氣風發，英俊挺拔，而且笑聲非常爽朗。我跟當時同年級大部分的女生一樣，都把他當作愛慕的對象。

可我從以前就不是出色的人。我不醜，我自己明白，但是，卻是一張不容易給人有印象的臉。我的功課不差，但是也沒有特別優秀的學科，或是令人刮目相看的專長。簡單的說，像我這樣的女孩子，任何一個學校一抓都是百來個，每個排在一起，除了自己的父母，大概誰也記不起哪個是哪個。

我很小就明白這一點，所以我安於平凡，極少想出鋒頭，也極少有不切實際的夢想。除了，我打從心底喜歡他。

高二時候，兩班合併的化學課，我與他被分派在同一組作實驗。對我來說，這就像中了第一特獎般幸運，是我平凡無奇人生中少有的機緣。

我完全聽不見老師說了什麼，眼睛一直偷瞄著漫不經心上課的他。他的側臉線條真好看，尤其是從鼻子下緣到嘴唇的弧度，那柔順的線條卻畫出英挺的輪廓，那可真迷人！我看得發痴，手上的溶液不小心倒在桌上。

「唉呀！妳真不小心，要是這是腐蝕性溶液，看要怎麼辦？」他戲謔地指責我，我的臉迅速紅成試紙般的顏色。我一直說對不起，但他根本不在意，只是轉頭去跟他班上的男同學閒扯。

後來，晚上回家，我給他寫了我這輩子的第一封情書。

想當然爾，這封信沒有回音，我想，他大概順手就丟進垃圾桶，連看都沒看吧！不過沒關係，對我來說，我已經在腦海裡深深烙印了那對我有無限吸引力的容顏。這樣，我就感覺很滿足了。

晚上，吃過晚飯後，我自願幫他削水果，一整天，我都在偷看他的側臉，雖然我們已經年屆三十，可是他仍然保有像高中時一般好看的輪廓，我覺得自己真是幸運，居然可以遇見他，我想，我的人生還不壞嘛，居然可以中兩次特獎。

「小姐，對不起，白天時我心情不太穩定，對妳很不禮貌，請妳原諒。」吃完水果，他有點羞赧地開口，這種神色在他臉上也變得很有魅力。「謝謝妳這麼有耐心地照顧我。」我支吾著不知該如何回話，臉又漸漸轉紅。我氣自己沒用，只能吞吞吐吐地說：「這是我的工作，是，是我應該做的。」

接下來的幾天，我和他沒有多說什麼，只是我做得比平常工作項目更多，也經常幫他找些雜誌什麼的來，我還偷偷把自己的隨身聽拿來借他，我想，這樣應該可以讓他解解悶。

照護他的第五天，醫院封院了。大批的醫護人員被叫回醫院、SNG車、記者和封鎖線把整個老醫院包圍得像顆散發著不祥氣味的洋蔥，而我們，就在洋蔥的中心點。

對我來說，最糟糕的不是封院，而是當初為志保看診的耳鼻喉科醫師，已經因為S病發身亡了。我從護理長那兒得知這個消息，可是院內沒有對外也沒敢對病人發佈這個消息。因此，即便尚未看到檢驗報告，我也能確定他應該感染了S，我開始擔心，他會不會就這樣死去呢？

從我認識死亡這事兒開始，這是第一次，我對它感到恐懼。

晚上，端晚飯給他時，在門口就聽見他很大聲地對著手機發脾氣。看到我走進來，他才氣沖沖地掛掉。

「對不起，總是讓妳看到我這麼火爆的樣子。」他看起來很頹喪。「剛剛，我打電話給我老婆，問她是不是可以帶女兒來看我？她連考慮都沒考慮，就跟我說不可能，還說她打算帶女兒回鄉下住一陣子。」他說著，聲音又逐漸上揚，「我當然知道這個醫院已經被隔離，我也不過要她帶女兒到樓下窗口讓我看看，難道接

104

臺北市復興北路三八六號

三民書局股份有限公司收

廣告回信

台灣北區郵政管理局登記證

北台字第10380號

（免貼郵資）

姓名：　　　　性別：□男 □女

出生年月日：西元　　年　　月　　日

地址：

電話：（宅）　　　　（公）

E-mail：

知識使你更有活力・閱讀使妳更有魅力
三民書局／東大圖書讀者回函卡

感謝您購買本公司出版之書籍，請以傳真或郵寄回覆此張回函，或直接上網http://www.sanmin.com.tw填寫，本公司將不定期寄贈各項新書資訊，謝謝！

職業：＿＿＿＿＿＿　教育程度：＿＿＿＿＿＿

購買書名：

購買地點：☐書店：＿＿＿＿　☐網路書店：＿＿＿＿

☐郵購（劃撥、傳真）　☐其他：＿＿＿＿

您從何處得知本書？☐書店　☐報章雜誌　☐網路

☐廣播電視　☐親友介紹　☐其他

您對本書的評價：

	極佳	佳	普通	差	極差
封面設計	☐	☐	☐	☐	☐
版面安排	☐	☐	☐	☐	☐
文章內容	☐	☐	☐	☐	☐
印刷品質	☐	☐	☐	☐	☐
價格訂定	☐	☐	☐	☐	☐

您的閱讀喜好：☐法政外交　☐商管財經　☐哲學宗教

☐電腦理工　☐文學語文　☐社會心理

☐休閒娛樂　☐傳播藝術　☐史地傳記

☐其他

有話要說：＿＿＿＿＿＿

（若有缺頁、破損、裝訂錯誤，請寄回更換）

近這裡就會要她們的命嗎？更何況，我又沒有得病，她幹嘛把我當個瘟神？」

他嘆了口氣。神情顯得很低落。

「結婚前，她非常愛我，她甚至對我說，就算我得了不治的重病，全世界沒有人敢接近，她也要握著我的手直到最後一刻，人哪，真是經不起考驗，妳看，現在她連一通電話都沒打來，好像完全忘了有我的存在。」

我始終沒有接話，只是安靜地坐在他身旁。對於他太太的冷漠，我倒是不意外，如果他知道外面現在對S的報導有多麼恐怖，那麼他應該不會感到那麼憤慨了。只是這真是苦了他了，他的人生到此之前，應該都是一帆風順的吧？這樣的話，他應該很難體會這種不被神眷顧的感覺。

他停了一會兒，突然伸手抓住我：「小姐，妳告訴我，我是不是真的得了S？」

「我，我真的還不知道，檢驗報告要後天才會出來，現在誰都不知道啊！你不要想太多了。」

他鬆開手，像鬆了一口氣也像洩了氣一般轉過頭去，我悄悄起身，關了燈、掩上房門。

晚安，志保，如果你願意，即便你真的到了最後一刻，我也願意握住你的手，這樣可以嗎？我在心裡，悄悄地說。

檢驗報告出來的那天，他的病症也開始明顯了起來。他的咳嗽愈來愈嚴重、全身酸痛，間歇性的發燒溫度也竄得非常高。他清醒的時候開始埋怨自己：「我真是白癡。明明那天就只是打噴嚏，幹嘛還特別跑來給醫生看？醫生也說我沒有感冒啊，結果沒有病的人卻被留在病毒培養皿裡，我們的政府到底在幹嘛？現在好了，我開始全身酸痛了，妳說，我究竟是不是得了S？」

我實在無法睜眼說瞎話，「李先生，就算你真的得了S，也是可以治療的，你要更加油更努力想好起來才是啊！」

他沉默了好幾秒，輕輕握了握我的手，「謝謝妳，小姐，妳是我遇到最誠實而且溫柔的人，我想我會加油的。」

他的讚美讓我全身輕飄飄了起來，彷彿我這一生，還沒有聽過這麼美的言辭。

S確實是令人畏懼的病菌，兩天之後，他的高燒開始讓他有些神智不清了，甚至會時不時地囈語。「菲菲，是妳嗎？妳好香。妳來看我了？」他認不出我。他喊的，是他太太的名字，可是我不介意。「菲菲，我覺得全身好痛、好熱，像要被扯開了一樣，妳幫幫我吧！」

我拿來冷水幫他擦身，每兩個小時換一次汗濕的衣服，一整天一整夜過去，他的高燒卻不見緩和。我累得頭暈了起來，我走回護理站，跟護士長要幾顆維他命。

隔壁房的病患家屬看我路過，一直誇獎我非常盡職，他們每個人都說，派遣公司的看護竟然這麼偉大，真是了不起。

可是我承擔不起這個稱讚。

因為我是為了我的私心啊！我怎麼捨得他就這樣離我而去？加油，志保，我會盡我的全力幫你，好不容易我才又能遇見你，我不要你就這樣死去。

他的高燒在接近第三十六個鐘頭時，讓他進入了半昏迷狀態，這不是我第一次見到人這樣游離在生與死之間，但是，這卻是第一次，讓我心痛得要掉下淚來。

我不斷輕聲叫喚著他，我甚至小聲地假裝我是他的妻子，告訴他我和女兒都在他身邊，要他趕快醒來看看我們。

他的臉色因為高燒而泛紅，緊閉的眼卻帶著死亡的顏色。護士長說他可能快要撐不下去了，叫我要幫忙準備一下。

我不要，我怕，我真怕他就這樣走了。

看著他，突然我心裡有了一個決定。我知道，這是我一生中唯一有機會這麼接近他的時候，我應該鼓起勇氣，做一件讓自己不會遺憾終生的事。我輕輕取下口罩、輕輕撫著他的臉，我親了他。

「志保，我好喜歡你，我希望能夠在你醒來之後，再當面告訴你一次，你願意給我這個機會嗎？」

那天晚上，出乎所有人的意料，志保的燒退了，他醒來，聲音沙啞地說，他好餓。

我幾乎是含著眼淚給他端來熱稀飯。我餵他，他沉默地緩慢地吃著，在那一瞬間，我感覺自己就像個幸福的妻子。

「小姐，我還不知道妳的名字，可以告訴我嗎？」

他突然這麼說，我差點又捧不住手上的碗。

「我的員工編號是五三三，你也可以這樣叫我。」

「嗯，但這不是妳的名字，我不想那樣叫妳。」他的臉上泛起一絲笑意，這回，紅的又是我的臉。

「蕙琪，黃蕙琪。」許久許久沒有對人說我自己的名字，我覺得那些個字音，好像得從記憶深處，才能挖掘得出。

「蕙琪，謝謝妳對我這麼好。但願我不是作夢，在我昏迷的時候，妳是不是說，有話想要告訴我，要我醒來呢？」

他對我軟語輕言，這一幕，應該是夢。我的眼睛濕了濕，怪著呢，我從來不是愛哭的女孩，可是，感謝天，原來，他也有明白我愛意的一天。

接下來的幾天，他逐漸康復，總是對我笑語相向，我整天都幸福滿足地笑著，即使什麼也不說地坐在他身畔，也感覺心是滿滿的。戀愛啊，原來是這麼回事，尤其是被自己這樣喜愛的人疼愛著。

有時候他會要求我靠近他，讓他抱抱我，我緊張得要命，可是又好喜歡他身體的溫暖。他經常摸摸我的頭髮，說我就像乖巧的小動物，讓人憐愛，這是我第一次真正感覺，自己也可以是個可愛的女人。

「蕙琪，我想我應該快要完全好了。等到封院解除，我就可以出院了。我想，我要跟菲菲離婚，到時候，妳願意嫁給我嗎？」

他說，自己想了很久才決定這麼做。可是我卻知道這是不可能的。他其實還是很愛他太太的，而且，他們還有他深愛的女兒、還有他背負八百萬貸款買的房子以及一起創業的公司，所以，這是不可能的。

我與他的幸福，是因為在這個圍城般的醫院裡才得以存在，雖然我感到無比的美好，但是，我的理智與現實感還是知道這如同美夢一般的短暫。

我笑著不答應也不拒絕，他現在不會懂的，等到他離開了這裡，他就會明白。我只是說，志保，抱著我吧，我好喜歡你抱我。

我突然自私地希望這場瘟疫永遠不要停止；我和他，就這樣永遠地在死亡的懷抱裡互相擁抱，我們就在這個小小的病房裡，在所有人的恐懼之中，交流熱切的情愛。

他愛我的。在這裡。

就在封院結束前，我突然發現自己似乎開始有了被感染的症狀。我想，這應該是因為我已經把我一生的好運用完了，不過我倒是很心平氣和。能夠感覺這樣被愛著，我又突然看見死亡是如同記憶中溫暖的顏色。

「蕙琪，昨天菲菲打電話給我，她說封院結束了，醫院也通知她我已經康復，只要出院再隔離十四天，就可以回家，她已經幫我安排了明天出院。」晚上志保神情忸怩地告訴我，我還是像平常一樣微笑。

「我聽說醫護和看護人員也可以選擇離開，接受隔離後就可以正常生活，而且我沒有忘記我對妳的承諾，我回去，就跟她談離婚的事。」

志保啊，謝謝你這麼溫柔地安慰我，我想，這對我來講就已經很夠了，就算最後我真的輸給了Ｓ，至少，我可以懷著被愛的記憶死去。

「志保，可是，我暫時不能離開，這是我的工作，我應該繼續啊！」我不打算告訴他我染了病，我不要他未來的人生裡有任何虧負。「所以你也先不要急著離婚，畢竟還有你的小妞妞，慢慢來，等我真的離開了醫院再說，好不好？」

志保沒有再說什麼，我知道，他就快回到原本的軌道上了。這樣也好。

隔天傍晚，醫院人員將康復的病患安排出院了，我一邊收拾他的病房，嗅聞著混有藥水味的他的氣味，從窗口，我看見了他的妻女，戴著口罩與他擁抱。

他回頭望了望，把最後的不捨，留下給我。

謝謝你，志保，我真的覺得很幸福。但我只是陪伴你走過一段的過客，可別太過留戀了，我在心裡說。

我開始發呆。

黃昏的最後一抹陽光，慢慢從窗外透了進來，在日光的陰影下，我坐倒在床上，天，就要開始黑了。

譚華齡

三十歲，射手座，生理與心理性別都是♀。喜歡自由，擅長獨自開車旅行。愛情左派，崇尚戀愛無道德論。患有文字痴，卻對書寫愛恨交雜。邁向前中年期，但沒有年華老去的恐懼。喜歡簡單的關係、複雜的情緒；新世紀的腳步與舊時代的溫存。著有愛情雜文《女人30，愛情半成年》。

小夏的末世審判

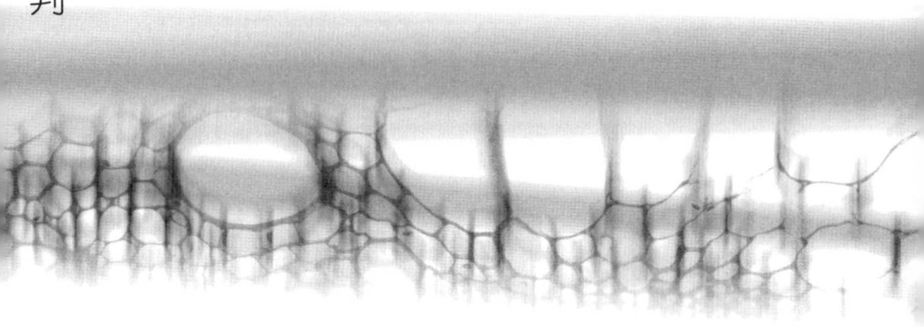

我帶著短髮的自己，

當然，

還有口罩，

走進車庫開出小車。

當小車在路上奔馳的時候，

我突然意識到，

我是一名審判隊伍的逃兵。

——陳慶祐

「醫生……你說，是不是……S？」

說完這句話，我的牙齒和舌頭突然找不到它們原來的位置，懸空掛在微張的嘴中。我感覺冷，像是赤身露體站在冰原上，凜冽的風將我的頭髮凍僵，我的腦後發麻，我的全身寒霜，心臟就快要送不出血液了。

我閉上了眼睛。

那輪夕陽嫵媚地落下了……

「這個……」醫生戴著口罩，穿著防護衣，每一個細微的移動，都被他的鐵甲給放大了。「目前我們對於這個病的認識不多。坦白說，妳的病症確實是有點像，如果妳擔心的話，可以抽一管血驗驗看。」

他從抽屜裡拿出一張紙來。

「這是現在國家級研究員緊急研發出來的檢驗技術，只要抽一管血，就可以驗這三種數據，幫助我們判斷罹患S的可能性，但準確度也不是百分之百。」他的聲音，我愈聽愈模糊，好像有股風把他吹離了冰原，不再和我併肩站在寒風裡。

「做這個要自費，大約三天的時間，就知道結果了。」

我點了點頭。

一個護士走過來，扭過我的手，拍了三下，找到一根粗綠的血管，就扎下一根針管。

啊，我眼前一黑，不省人事。

我怕針，我怕痛，我怕死，我怕……我怕……

「夕陽落進大海，把大海燒開了，妳摸，我的心也被燒開了，噗通噗通跳著……」

醒過來，我躺在診療室的病床上，口罩被拿開了。我慌張地坐起來，緊閉著嘴，憋住一口氣，比手畫腳地向護士要來一個口罩。

「妳們要我死是不是？」一戴上口罩，我再也憋不住叫了出來：「連口罩都不讓我戴！妳不知道現在有S嗎？妳想死我還不想陪妳！」

我聽見外面候診室裡一陣騷動，唏唏嗦嗦有人跑走了，還撞倒了一張椅子。

護士的臉一沉。

「小姐，妳昏倒了，我們得要急救，不然不用S，妳就會休克而死。」護士說：「不要聽外面的人胡說八道、隨便亂講，我們醫院很好。妳看，我到現在還不是好好的？」

她喋喋不休地唸著，我更害怕了。喃喃自語……不也是S的症狀？

問了什麼時候看報告，就趕快逃離醫院。走出榕樹下的醫院，我看見幾輛電視臺 **SNG** 連線車迎面開了過來，難道，今天早上報紙頭版說的都是真的？真的就是這家醫院？

我頭也不回的往前走，像是要把可能沾染在我身上的病毒狠狠地拋下。

我就知道，我就知道，有一天，我一定會被一種莫名其妙的命運帶領，離開這個世界……

「妳的心，是不是也和我一樣，噗通噗通地跳著？」

幾個星期前，我就在國外的網路上注意到S開始流行的新聞。一種前所未聞的病毒，不知道從哪兒來，也不曉得要往哪裡去；傳染性極強，卻找不出傳染途徑；致死率極高，卻也有人莫名其妙的痊癒了。

這像不像一場末世審判？我瞇起眼睛，彷彿可以看見自己單薄的身子等待在受審的行列裡。

從那一刻，我力圖平靜的生活掀起巨浪。

專家懷疑這個病跟動物有關，我想到自己寵物店的工作。我喜歡貓狗，卻負擔不起牠們離去時的傷痛，於是就去學寵物美容，在狗店裡將一隻隻主人的寶貝狗修剪得漂漂亮亮的。沒想到，我竟然把自己推到危險邊緣。

我立刻打電話給老闆，辭去工作。

「小夏，妳不能說不來就不來，我這裡人手不足。」老闆威脅我。「妳不來，就別想領薪水了。」

「錢我不要了。」

哼，命都沒了，要錢做什麼？

「那、那前面那個妳的花圃怎麼辦？」老闆來軟的。「妳不來，沒有人澆水，會死光的。」

「……那我也沒辦法……」

當初就是為了怕植物枯掉，才搬去店裡的，沒想到還是害死它們了。不過，現在保命最重要，別想那麼多了。

我在國外網站上買了醫療用的N95口罩，在網路電器行買了專業的空氣清淨器，還請超市宅配民生用品；我把所有的東西放在紫外線燈照射四個小時，再拿進屋裡。

那天晚上，我在網路上看到午夜十二點前吃下自己年齡數量的綠豆，就可以預防S。我開始滿屋子找綠豆，希望哪一天哪一根筋接不對的時候，我曾經買過一包綠豆藏在我現在忘了的地方。

午夜十二點，鐘聲響起，時辰過了，我跪坐在客廳裡，全身是汗。

我知道，自己錯過了最後一班上天堂的班車，一腳已經跨進審判席了。

第二天，我開始發燒。

我拿出準備好的退燒藥，但怎麼也壓不住身體裡的熱。

這是怎麼回事？難道，在網路上跟人聊天也會傳染？

我打開電腦，尋找麋鹿。

狗主子：喂！

好色麋鹿：怎樣？火氣這麼大？

狗主子：你身體OK？

好色麋鹿：怎樣？現在想尬？小鹿鹿很強，隨時可以。

狗主子：-_-我發燒了……

好色麋鹿：是發騷吧，來，讓小鹿鹿為妳服務……妳穿黑色bra，對不？

狗主子：今天不想。

好色麋鹿：不想？那小鹿鹿要用強姦的。

狗主子：我要走了……

我突然渴望一個擁抱，一個有血有肉的真實的擁抱。

我幾乎忘了什麼是擁抱了。這麼多年，我都是一個人，每天和客人的貓狗為伍，一整天也不需要跟人說到幾句話。只有麋鹿會在網路上給一個沒有體溫的擁抱。只是，他的擁抱和親吻，只為了褪去我的衣服罷了。但他說的也對，網路做愛沒什麼不好，又乾淨又安全，還可以防偷拍、防性病。

我用自己的雙臂環抱著自己。

這個城市怎麼這麼冷？

「**抱著我，乖，抱著我就不冷了……**」

我用一種失速的奔跑衝回家，狠狠地關上門，把世界鎖在外面。我把衣服放在紫外線燈下消毒，把自己放在水龍頭下沖水淋浴。突然，我的身體也流出水來，我的眼淚從喉頭湧出，我癱坐在浴缸裡，看著那些身體裡的穢物在排水口迴旋著，找不到出路。

我知道，不用等報告就知道，我確定是S患者了。我已經發燒了，錯過了吃綠豆的時間，還走進那家醫院，真的就萬劫不復了。

水一直流著，我不知道自己在浴缸裡坐了多久。等我有意識，才發現自己手上拿了一把剪刀，浴缸裡，滿是我的頭髮。那一綹綹漂在水上，像河上的浮屍。

我懷疑，有一瞬間，我是想把剪刀剪在我身上的。是什麼阻止了這樣的意念？

「夕陽落下了，就會有星星升起。夏，不管我在多遠的地方，只要妳看著星星，我就會凝望妳……」

我看見了那輪火紅的不祥的夕陽，像是被參差的天線刺穿，動也不能動地停在我的浴室窗戶前。

我被自己的笑聲再次驚醒。是我在笑嗎？怎麼笑得那麼淒楚？我該怎麼辦？誰來救我？

狗主子：麋鹿，你不是很想見我嗎？我們出來見一面吧？

好色麋鹿：在忙。

狗主子：麋鹿，我們去那個六星級的 MOTEL 嘛。

好色麋鹿：……

狗主子：我想見你。

好色麋鹿：嘴巴張開，小鹿鹿要來了，喔！喔！小蘋果……

狗主子：……

好色麋鹿：傳錯了。

狗主子：你愛上別人，不愛我了？

好色麋鹿：愛啊，愛啊，小鹿鹿愛「上」妳。

「啪！」

電腦的光幕瞬間熄去，天就一吋吋地黑了，只餘下那盞紫外線燈晃晃閃著亮，明了又滅，滅了又明。電話像是響過幾次，夜晚就這麼過完了。

第二天，電視新聞播出那家醫院封院的消息。電視上，一個護士對著鏡頭大喊：「拍什麼拍！拍夠了沒有！有沒有想過我們是什麼滋味？你們以為我們喜歡感染S嗎？憑什麼我們要在裡面等死？我們也是人，我們也有家人！我們為什麼要像犯人一樣在裡面？這樣公平嗎？你們公平嗎？」

我彷彿還看見那個替我抽血的護士呼天搶地哭著。

然後，我注意到自己的名字出現在失聯名單中。

「……不管我在多遠的地方，只要妳看著星星，我就會凝望妳……」

小夏，我們一起去看星星吧。我對自己說。

我帶著短髮的自己，當然，還有口罩，走進車庫開出小車。當小車在路上奔馳的時候，我突然意識到，我是一名審判隊伍的逃兵。

如果死亡是審判的終點，而我又不可避免地走向死亡，那就讓我在審判過程中，好好地最後一次善待自己吧。

我想去看山，我想去看海，我想去看看那個不曾如此憂鬱的我自己。

打開窗，四月的風無憂地襲來。那年的風，也是這樣無憂地吹著，我俯在阿政身後，像攬著大樹一樣地依賴著他；他專心地騎著車，側臉是一道初初長成的剛毅的線條。

我喜歡他的長相。短短的頭髮，怎麼梳都有型；他的皮膚黑亮，青青的鬍渣像是長在綢緞上的雜草。

「小夏，敢不敢跟我騎車環島？」

我愣了一愣，然後重重地在他背上點頭。

我聽見他鼻音很重的笑聲。摩托車一壓、一撇，我們從上學的路上逃逸，向北繞進山裡去。

經過當年停下來休息的溫泉小鎮，我把小車停在他的摩托車旁邊。

小鎮幾乎沒有人，汽車旅館紛紛掛起「Vacancy」的牌子。

「小夏，沒帶什麼錢，敢不敢跟我睡一個房？」

我沒有說話，臉紅得發燙。

夜裡，我喚著打地鋪的他。

「阿政，阿政，我怕……我怕黑……」

他的體溫像夜裡一盆火，靜靜地靠過來。我閉上眼睛，還是可以感覺到他的炯炯目光。我緩緩地，將自己的身體靠近他，緩緩地，緩緩地，感覺到他的鼻息。偷偷地，我在他的臂彎裡搶灘、登陸。

「小夏……」

他的聲音像是一只壺蓋，壓住了燒開的滾燙的水，蒸氣四溢，成了溫泉鄉裡微醺的硫磺氣。

「小夏……」

我不敢睜開眼睛。我不知道，會看見怎樣的他。

我們在夜裡對峙著，像兩座山頂上的雲。末了，他放棄了，在我唇上留下一個輕柔而顫抖的吻，轉過身去。

第二天，我們像是沒有發生什麼事似的，繼續我們的旅行。

我戴著口罩，在公園裡散步，周圍四散的，是他當年的慾望蒸氣。我走進水氣裡，終於，得到一個有體溫的擁抱。

我開始咳嗽。先是幾個單音，再來就是高高低低的嘆息。我得趕快前行，否則，一切都來不及了。

「來不及了來不及了，我媽要煮好飯了！」

阿政載著我轉進農村裡，停在一幢三合院曬穀場前。

「阿母！我返來了！」

一個樸素的農婦聞聲走出來，手中還端著一碗紅燒肉。

「政仔？不用上課？這……你朋友？」

那晚，我和阿政的家人一起吃飯。阿政在廚房幫忙端菜，還和媽媽有說有笑的。

「……生得不錯，特別帶回來給阿母看看？」

「不是，只是同學啦……」

「同學？那怎麼不帶別人、怎麼不是男生？就帶她？」阿政弟弟開他玩笑。

「碰！」「啊！」

阿政似乎一拳打在弟弟的頭上，弟弟鬼叫起來。

阿政妹妹盯著我看，饒富興味地笑著，我的臉就要低到碗裡去了。

夜裡，我和阿政妹妹一起睡，但我知道，阿政偷偷來過，不但在我唇上留下一個吻，還摸了摸我的頭髮。

我不敢走近三合院，怕自己身上的病毒會傷害阿政的家人，我只敢遠遠地、遠遠地眺望著阿政的阿母，馱著重重的竹簍，在田裡忙碌著。

「伯母，再見。」

我的眼淚滴落在方向盤上。

阿政阿母身子一震，看向小車來。

我趕緊低下頭來。

她的皺紋更深更深了，不知道是不是還燒紅燒肉？不知道是不是還養雞？不知道還會不會在夜裡偷哭？不知道……

我不敢再想下去，繼續開著車，繼續逃亡。

沿途，我不敢聽廣播，不敢走近人群多的地方，不敢投宿旅店。這或許只是我一個人的末世審判，不能讓不相干的人一起受難。

我不喜歡開車，常常作夢夢到剎車失靈，或是被追撞什麼的。我也不喜歡一個人旅行，怕自己在什麼地方被什麼人騙了，陳屍在一個杳無人煙的山谷裡。沒想到，我生命裡的最後一段日子，竟然一個人開車旅行。

穿過木麻黃林子，阿政的車停在一片沙灘上。這裡沒有人，我卻沒有感覺害怕，我知道，阿政在我身邊，他會保護我。

我們沒有說一句話，坐在沙灘上，看著那輪夕陽嫵媚地落下了。

「小夏……妳知不知道，有人喜歡妳？」

臉一紅，我點了點頭。

「妳知不知道，我喜歡妳很久很久了？」

我把頭枕在阿政的身上。

「夕陽落進大海，把大海燒開了，妳摸，我的心也被燒開了，噗通噗通跳著……妳的心，是不是也和我一樣，噗通噗通地跳著？」

我的手觸著阿政的心跳，我也聽見，自己身體裡無止無盡的潮汐。

阿政低頭看著我，給我一個結結實實的擁抱。

「小夏，做我的女朋友，好不好？」

我點頭。阿政，我等這一刻，也等了好久好久啊。

阿政吻了我，在海和夕陽的見證下。

他吻了我。

我開始顫抖，每一個毛孔被打開了，又畏寒地縮下，像一朵朵盛開又萎去的花，花蕚在我身上留下一顆顆含苞的種子。

「抱著我，乖，抱著我就不冷了……」

我緊緊地抱著阿政，多麼害怕，他會瞬間消失，餘下我一個人。

那天夜裡，他褪下了我的衣服，我們裸身相見。

他的身體像樹幹，肌理分明又壯闊結實。他的眼睛有流火，灼得我滿身燙。他的手指帶著電，滑過的時候電光石火，像一場神蹟。

我們共有一個震央，從他的身體進入我的身體。我聽見他喉頭的聲息，偷偷睜開了眼睛。他雙眼緊閉，像在極力保守一個秘密；他的身體好認真，像勤奮在田裡栽種一株株秧苗；他的動作好溫柔，微微的進退之間，帶動我的歡悅。

「夏，我愛妳，夏！」

嗚。我摀住自己的聲音。政，我好怕，怕世人聽見了我們的聲響，怕有人妒忌我的快樂。但我真的好快樂，我擁有了阿政，也被他擁有了。

每每想到這裡，我的身體就會發燙，微微地滲著水。我從後照鏡裡看見，自己臉上幸福的紅暈。

是的，我的生命裡曾有過一段幸福的日子，那絕對是超出了我此生應得的福分。

我和阿政環島回來，成了形影不離的一對，他把自己的房子退掉，搬進我租的房間裡，我們過著同居的日子，一起上學，一起回家，連洗澡都在一起。

我們會窩在小小的浴室裡，幫彼此洗頭髮。他把洗髮精抹在我的髮上，搓揉出滿滿的泡沫，然後我再將泡沫放在他的髮上，我們用泡沫替彼此濕潤的髮做造型。有一回，他用泡沫替我做了一件三點不露的比基尼，替他自己做了一件只遮一點的丁字褲，我們從鏡子裡看著彼此，笑不可支。他還會要我幫他剪頭髮，他說那些參差不齊是需要功力才剪得出來的層次。

我小小心心地愛著，擔心這樣的幸福會稍縱即逝。阿政總愛笑我，說我是個憂慮者。

「我有個嬸嬸也是這樣，成天擔心會發生什麼事。結果咧……」阿政說：「她六十歲大壽那天，菜園裡整個瓜棚倒下來了，她大叫：『我就知，我就知，一定會出代誌的……。』妳希望像她一樣，為了瓜棚倒下擔心一輩子嗎？」

我笑了，相信了他。我相信，幸福的青鳥會停在我和他的身邊久久長長；我相信，縱使前途險峻，也有阿政幫我阻擋。

阿政入伍前，也是我替他理的平頭。我們在浴室的鏡子前，他的身上罩著報紙做成的圍巾，我一刀一刀地剪著，一輪巨大的夕陽在窗戶外照耀我們。

「夕陽落下了，就會有星星升起。夏，不管我在多遠的地方，只要妳看著星星，我就會凝望妳……」

我的眼淚再也忍不住地掉下來。好傻的阿政，好傻的小夏，好傻的幸福，好傻的人生……

我站在海邊，望著地平線上亮著漁火的漁船。不祥的夕陽就要落下了。

我的幸福與不幸之間，不容任何過渡、沒有任何辯白，一個腳步，就從春季跨入了嚴冬。

瓜棚終於倒下了啊。

阿政上了船，然後，失蹤。

阿政阿母在夜裡偷哭，說阿政憨直，一定得罪長官，被丟進海裡了。我卻寧願相信，阿政從他的人生裡逃亡了，去了另一個國度，過著另一段人生。

而我，輕輕觸碰憂傷，想將它從心底移開，但它蝶一般的羽翼太晶脆，散出了粉末，那粉末滲入歲月裡，再也分不開了。

阿政，星星就要出來了，我望著星星，你又會在哪裡凝望我？

夜來了，我決定在海邊住下來，等著自己的末世審判。

看完最後一輪夕陽、最後一片星空、最後一次日出，我拍去裙上的沙，離開海邊。

滿街的人都除去了口罩，S結束了。

我開著小車回到家裡，從信箱拿出檢驗報告。

阿政，我終於相信，你真的走了，去了天堂，再將我的名字從末世審判的隊伍中除去，放進你的口袋裡了。

陳慶祐

嚮往自由，著迷於美好的事物，喜歡美食與自助旅行，不能沒有朋友。著有圖文小說《我對幸福沒誠意》、旅遊文學《我在北美洲，途中下車》、童話食譜《禮拜三的糕餅課》等等。

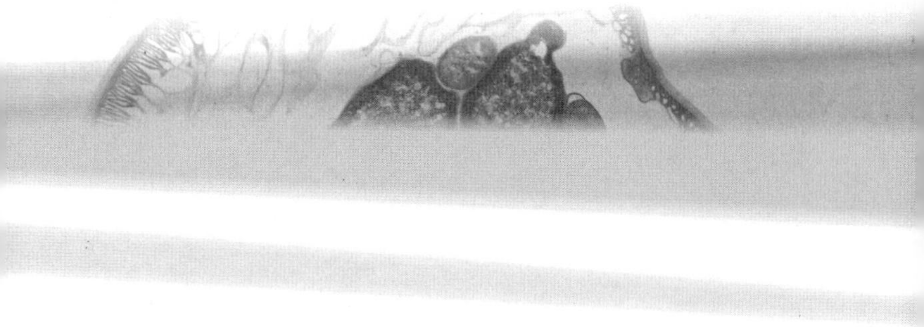

我回頭觀察自己，
他們正在把我塞進深藍色塑膠袋子，
大家安靜無聲、動作非常輕柔，
好像擔心太用力，
我會被捏碎。

——路瀅瀛

「不行了！急救無效⋯⋯」穿白色長袍的年輕醫師滿頭大汗、顯得手足無措。

我不喜歡這種味道，全身上下光溜溜的被噴灑消毒水的感覺，真的很糟糕，這是我人生中最慘的經驗。

原來家庭並不是永恆的，那個叫什麼的宗教顯然騙了我，哥哥從沒來過醫院看我，酒醉的爸爸，帶走我拿回家的二十萬會錢之後，成天狂賭。三個妹妹分住各地，也因為一紙隔離令，姊妹情難續。只剩下枯瘦的媽媽，呆坐在慘白的病房外走道上，為我掉淚。

看似棉花糖般的雪白雲朵，完全不如想像般柔軟，冰得我腳底發麻，才剛舉起右腳，左腳又沉沉陷入雲泥中，從腳趾到腳踝、一路冷到頭頂，我無法站穩，迎面又是狂風襲來⋯⋯。

「阿福！是你嗎？」另一朵雲端，阿福向我跑來，牠呆頭呆腦的樣子，一點都沒變，兩只耳朵往後翻，大舌頭掛在嘴邊，呼呼喘氣。我真不敢相信我的眼睛，阿福長了短短的翅膀。

但是，無論我如何吶喊，阿福都沒有再靠近，小翅膀揮著，像隻蒼蠅。

阿福過世兩年多了，牠出生在嘈雜街市，命運坎坷，狗媽媽生下一窩黑白小不點後，就病死了。當時我和同學，各自抱了一隻回家。

阿福像好朋友一樣，陪著我長大，直到我高中畢業離家工作。兩年前，阿福老了，身體機能退化，在睡夢中死去。

我一直相信狗狗是人類的天使，牠們來到這個屬於人類的世界，有其使命，就算死去，有一天也會和主人重逢……，那時我哭得不成人形，媽媽是這樣安慰我的。

只是想不到，重逢的日子這麼快就到來，站在如荊棘之地的雲端，我冷得直打哆嗦……。但是，相距十公尺，阿福為什麼停了下來？

「妳是游子茵的媽媽嗎？很抱歉……我們要按照醫院程序處理……不能讓妳見女兒最後一面了……請您節哀。」護士全副武裝，戴著高級防護口罩說話，聲音悶悶的。

媽媽似乎哭暈了。

「游太太，妳還好嗎？」護士小姐把她扶到另一間病房休息。我回頭觀察自己，他們正在把我塞進深藍色塑膠袋子，大家安靜無聲、動作非常輕柔，好像擔心太用力，我會被捏碎。

事實上，我早就碎了，王衍彬早就一把揉爛了我的心，像丟了一顆長了霉的柳丁，絲毫不留情。

我離鄉之後，到城裡的百貨公司化妝品專櫃上班，連站十小時的工作相當辛苦。「阿茵，妳有男朋友嗎？」我苦笑搖頭。同事小梅提高音調質疑：「不會吧！妳那麼漂亮……」唉，誰說漂亮就一定有男朋友！小梅和我頂合得來，她常說：「交際手腕漂亮一點，一定有機會嫁給醫生或工程師之類的。」

受到小梅的鼓舞，我重拾信心，加入尋找白馬王子的行列。小梅的哥哥的朋友是醫師，透過她安排的一場聯誼活動中，我認識了王衍彬。

「小茵，我覺得妳是我生命裡、一連串偶然中，最令人驚喜的部分……」我點了點頭，暗自竊笑。他是某大醫院知名小兒科醫師，三十五歲，長得一副正字標記、童叟無欺的樣子，他鄭重的告訴我，還是寂寞單身。

王衍彬喜歡我，一開始就毫不保留，聯誼唱 KTV 時，他用我喝過的杯子乾了好幾杯紅酒，然後微醺的說要送我回家。下車時，他把舌頭伸進我的嘴裡。第三次約會，他帶我去他唸過的小學，在那片坐落山巒之端的小學操場上，他扒了我的內衣。

事情超乎想像的順利，簡直就是一齣浪漫日劇。

「王太太、醫師娘……今天下班到哪裡約會啊？」同事們愛消遣我，大概是忌妒吧。總之，我很賣力的扮演起王醫師女友的角色。只是，我的戲分少得可憐。

「我只有星期一、三下午才有空和妳見面，妳知道，我的工作很忙的，為了我，多忍耐一點，好嗎？」我雖然百般不願，但還是順從的點頭。每個星期一、三午后，王衍彬會來接我下班，我們很少吃飯，通常是直接到汽車旅館。如果我還想多見他一面，就只能去掛號看診，可惜，他是小兒科的。

總之，這齣愛情日劇後來演變成為血腥災難片。我只要一想起他，心口就像被手術刀緩緩割開，一刀接著一刀、直到血肉模糊。我嘆了口氣，回頭看著自己即將腐敗的身體。

為了王衍彬，我在左手臂上，刺了「彬」字，當時差點痛暈過去，那字跡，現在看起來，倒有點像是血淋淋的「淋」字反過來寫。護士迅速的把我的手塞進塑膠袋裡，火速封口，隨即把我推出病房。要是他們送我來時，也有這種效率就好了。

接下來，我在冰庫裡待了半天，後來又進火爐焚燒，一冰一冷的折磨，讓我欲哭無淚。

我那曾經令王衍彬瘋狂的肉體，如今化成灰燼。我的靈魂無所寄託，離開了自己的身體、離開了家人、離開王衍彬、離開一切。

這裡應該就是所謂的天堂吧。

原本不願靠近的阿福，突然猛搖尾巴，發足狂奔，撲進我的懷裡。我們像重逢的知己般，又哭又笑的。

在完全離開自己的軀體之後，我忽然有種前所未有的自由，順著強光一路往上飄，阿福則揮著小翅膀跑在前頭。

天堂的設備其實有點簡陋，而且只有我和阿福，沒看見別人。阿福帶我進入一間木屋，此刻的情景，讓我大受驚嚇，天啊！整間房子都是我以前丟掉的東西。胡亂血拼的過季商品、舊情人的分手信、被我燒掉的信物，都完好如初。我笑自己，到頭來還是得面對這些惡果。

唯一值得欣慰的是，阿福在這裡。有狗陪著一天，勝過人間十年。

在木屋睡了兩天之後，我決定回家看媽媽。

家門口冷清異常，只有那株老樟樹還守在那兒。原本有如精神寶塔的神木，現在看起來卻有點畏畏縮縮，像棵小磨菇。

村落像座死城，空蕩蕩的。我們家因為我的關係，全家被隔離，鄰居們也視我們為鬼魅，能有多遠就走多遠。

我伸手推紗門，一陣飛灰撲來，透著光線，穿進我的胸口，隨風而散。

走進家門，我看見哥哥光著上身，躺在沙發上抽菸。爸爸在房裡睡覺。媽媽則戴著口罩，一個人蹲在後院洗衣服。

哥哥開口抱怨：「幹！到底要關多久？我工作沒了！婚事也吹了！」媽媽從後院走進客廳，一語不發。

「媽！阿妹的保險金有多少？聽說政府有補償耶！怎麼里長都沒說清楚，我們住在鄉下不是人喔？……幹！」

媽媽整理著我的衣服。我靜靜坐在她身邊。

媽媽這陣子瘦了不少，頭髮也幾乎全白。我把頭輕輕靠在她肚子上，裡面咕咕的響，媽媽大概沒吃飯吧。這聲音，意外安撫我驚恐未平的心。

突然，一股力量吸引著我，我的頭竟然沉進媽媽的肚子裡，慢慢的，我的臉、手、上身，還有大腿、小腿，全都往裡沉，彷彿陷入流沙般，不可自拔。我一點都不想抵抗這力量，能回到媽媽的身體裡，我求之不得。

「阿妹仔不知會不會冷，我要選幾件漂亮衣服燒給她。」

「咱是苦命人，女兒也這麼苦命，老天爺甘有天理？」媽媽在心裡說著。

媽媽啊，不要為我擔心了，妳要保重自己。我在心裡輕輕說著，媽媽似乎有感應似的，摸了摸胸口，然後搖醒爸爸：「喂，妹仔好像回來了⋯⋯」爸爸瞪了她一眼，翻身又睡，我的眼淚湧了出來。

這是我的人生結局，也就是最後一幕。

在這之前，我也是有生涯規劃的那種人。二十五歲之前，努力工作；二十八歲，嫁給白馬王子；三十歲生個寶寶，再來，就過著幸福美滿的日子。

但，這一切，都是想太多。王衍彬三個月，就徹底的毀了我。

說起死因，我自己也不太清楚。回想起那一天，王衍彬一通電話，約我出去見面，那天是星期六呢！我好高興，能在星期六也見到他。他開著白色的BMW汽車來接我，對於第一次在週末和他約會，我相當慎重，特別去做了全身美白護膚SPA，然後去補燙頭髮，把毛躁的長捲髮，徹底拉直，男人真的很愛直髮，這點我知道。時間一到，他準時出現在樓下，我則是一襲美背式紫絲絨洋裝，配上黑色細跟三吋半高跟鞋，搖曳生姿。

他一見了我，就把手伸進我的裙底，然後賊賊的笑著。我知道他想要什麼，但刻意延長男人的慾望，這點很重要，享受著渴求的眼神，我覺得自己像瑪麗蓮夢露，連講話都不禁瞇著眼、嘟噥著嘴。他肯定覺得我很可愛，因為我們連晚飯都還沒來得及吃，車子就直接開進汽車旅館。

和星期一或星期三完全不同，他帶我來的這間MOTEL真的非常高級，圓形按摩浴缸旁還有電視機，床是電動的，會旋轉。他一進門就把我抓住，絲絨洋裝一下就被扯了下來，那天王衍彬特別熱情，好像我們再也不能做愛似的。

他拿絲襪反綁著我的雙手，動作相當粗暴，有點嚇到了我。

「彬，輕一點啦，我的手好痛！」我故做嬌羞狀的討饒。王衍彬顯然聽不進去，接下來他發狂似的咬住我的肩膀，一口比一口深，齒痕深深陷入我剛美白的嫩膚裡。「彬！……」他仍然不放開。一面咬著我，他一面從後方直驅而入，我感到一股巨大電流湧入腹腔，痛得我眼淚掉了出來，我大喊：「不要啦！」王衍彬卻一直重複著喃喃自語：「舒不舒服啊？」「不要裝了，我知道妳喜歡！妳穿這麼露的洋裝是什麼意思？……妳說啊，是什麼意思啊……」

我幾乎是哭喊著等他結束。但一方面我也想，反正都要結婚的，情侶之間這種事只要好好溝通一下就行，當時我對於成為王太太、做個醫師娘，胸有成竹。

「我得先走了，乖……醫院還有事，妳自己叫車回家吧……」王衍彬極迅速地整理好儀容，拋給我一個輕吻。忍受著飢腸轆轆和強烈的痛楚，我含淚上了計程車。唉！為了當上醫師娘，要忍人所不能忍。

他的慾望強烈，逐漸到了我無法接受的地步。他說，如果愛他，就答應看著他嫖妓。我怎能忍受看著自己的男友和別的女人做愛呢？他是要測試我的極限嗎？星期一晚上，我猶移不定的，還是依約到了飯店。

一位頭髮比我還直的年輕女子見我進了門，上下打量了一會，突然笑岔了氣似的猛烈咳著，隨後放下酒杯，開始寬衣。王衍彬則躺在大床上看著我們。接下來發生的事，我簡直要吐了。

王衍彬要我和那女人做愛，她說她叫李倩，看起來應該未成年，卻世故得很。李倩過來拉住我的手，試圖脫下我的上衣，我一把將她推開，並大聲質問王衍彬，「你這樣是什麼意思？」王衍彬走了過來，輕輕笑著把我擁進懷裡，給了我一個好長的吻。突然，他塞了一顆紅白色的膠囊進我的嘴裡，我一時情迷，吞了下去。

接下來，我覺得自己上了賊船，暈頭轉向，面前的聲音和影像都糊掉了，我酥軟的倒在大床上，王衍彬壓了上來，李倩，也走過來躺在我的身邊，我感覺到她把手指慢慢插進我的下體，撫弄著、挑逗著。我動也不能動，起初，我想尖叫，一腳踹開這個臭婊子，但，天啊，那感覺，逐漸讓我投降，實在舒服極了，比和王衍彬做愛舒服一百倍。就在憤怒和狂喜之中，我達到了高潮。

高潮？之後的場景才是高潮呢。結束了和妓女變態的3P之後，整整兩個星期，我連一通電話都沒有接到，而他的手機，換了號碼。更慘的是，那個月的生理期遲到了。我決定到醫院找他。

「請問，王衍彬醫師在嗎？」我到小兒科部門詢問。

「你是病人家屬嗎？」護士小姐親切的問。

「喔……不是，我是……王醫師的……朋友。」嗯，先說朋友吧，免得惹他生氣，工作忙的男人通常不喜歡女友到辦公室找人，那會顯得他們很不專業。

「王醫師休半個月的假喔，他到美國去陪產了，他老婆生小孩。」

「……」這是開玩笑吧？他的同事愛開玩笑，真是的，在醫院工作的人壓力都太大了。

我沒辦法再多說一個字，掩門而去。

這大概就是我被甩的過程，王衍彬從沒打算要娶我，是我自作多情。

接下來幾天，我得了一場重感冒，昏沉沉地無法工作。甚至出現一些幻影，我看到王衍彬帶著玫瑰來找我，還買了我最愛的布丁狗。我又看到自己在試婚紗，衍彬頻頻搖頭。發燒最嚴重的那天，我則是站在紅地毯上，爸媽、哥哥、妹妹，都衝著我笑。美夢清醒時，我，躺在醫院急診室。

王衍彬的事，其實我也無從怪他。是我自己動機不純正，一心想嫁給醫師，才會落得被騙的下場。進了醫院那天，急診室裡意外忙亂，送我來的同事因為還得上班，先行離去。我也想打個點滴就走人。但突然身邊的人鼓噪了起來。

「醫院從今天開始封院，因為A棟大樓的S病毒疫情失控，感染人數激增。院區周圍將會拉起黃色警戒線，所有院內的人員不准進出，將在院內隔離兩週。」護理長對所有員工宣佈這項惡耗。

「天啊！我不能待在醫院裡，這樣誰去幫我接小孩放學？」A護士一開口就哭了出來。

「我也是啊！是誰下這種愚蠢命令的？有病的沒病的都困在大樓裡，大家是不是要同歸於盡！」B護士也開罵。

「我是來探病的耶！哪有一起隔離的道理？你們醫院派個人出來解釋一下啊！」隔壁床的病患友人不敢相信自己所聽到的消息。

此時院內人心惶惶，不少人想要趁著天黑，偷跑出去。有人背著行李，往電梯口衝去，還有人因為緊張而跌倒，場面相當混亂。

我躺在床上沒人理，一陣劇烈的咳嗽，我連前天的晚餐都吐了出來。手臂上的點滴滴完了，我無力的喊了兩三聲沒人理我，於是我自己動手拔出針頭。血，像相思豆般湧出我嫩白的皮膚，一顆接著一顆，串流成紅色的小河。

一位實習護士見狀，立刻衝過來，拿酒精棉花讓我按著止血。她的臉，我沒記清楚，但當時，我感動得哭了。

向她道過謝之後，她要我留在原床位，等待院方通知。但是很抱歉，我不能久留啊！我是病人，而且懷了孕，不適合繼續待在醫院裡。而且，當時院內的所有人，都發瘋似的，一直互相責罵，我一看到別人吵架，就會想吐。

急診室裡唯一的電視播放著即時新聞，主播唸道：「S病毒災害應變中心今天表示，××醫院封院前後，已經有六名病患死亡，現在疑似病例還在不斷增加，至於S病毒的傳染途徑，眾說紛云，衛生單位還無法證實。」接下來，電視畫面上出現院外的混亂場景，有人從地下車道逃走了，有人在院外想進來，也有人擠在大門口想出去。

我拖著虛弱的身子偷偷摸摸往電梯走去，趁著大家不注意，我找到通往車道的出口。穿過垃圾廢棄物處理區，我在黑夜中，成功逃離。

那一夜，城裡充滿肅殺氣氛，大家都如驚弓之鳥。面對這場世紀之疫，人性最底層不可見光的部分，血淋淋的被翻攪著。

我的胃也翻攪著。在客運車上，我吐了三次。此時我只想盡快回家，回到父母的保護之下。

爸媽對我突然返家，倒沒有多問什麼。

我到銀行把這個月標下的會錢領出來，交給媽媽。家裡的屋頂，早就該翻修了，還有哥哥要娶妻，也急需幾萬塊大餅錢。

我的家，有寧靜的海景。像小時候一樣，我靜靜的坐在海邊，讓海浪的聲音掩蓋我放聲的哭泣。我告訴自己，要徹底忘了王衍彬，重新開始。肚裡的小生命，很遺憾，我不能留著。

我可以在家療傷，那是我當時的天真想法。不過，美麗的家鄉，可以安慰心情，卻不能治病，我的體溫和炎夏的氣溫一樣，直線上升。我又開始看見自己穿婚紗的蠢樣子。可笑的是，新郎還是王衍彬。吃了虧還死心眼，這是我最大的盲點。

「妹仔！去看醫生啦！妳一直咳嗽也不是辦法！」媽挑著漁貨從市場回來後，煮了一鍋魩仔魚粥，吃完半碗，我搭公車去看病。拖著虛弱的身子，我在急診室一陣猛咳。醫生護士隨即神色緊張的把我安置到一間病房，針筒一管一管的侍候著。三個小時過去，燒並沒有退，我還是劇烈的咳著。他們也劇烈的爭論著，這個外地回來的人，怕是帶來麻煩了。

「不會吧！我只在急診室待了一個小時而已！……啊！還是那個該死的大陸妹！」我頭痛欲裂，想不透自己染病的原因。

很不幸，事情就是這樣，我莫名其妙的死去，被一把火，燒個精光。

離開身體之後，起初我覺得害怕，後來才體會到穿梭時空的奧妙。我可以瞬間回到家中，也可以任意飄洋過海，看見我想看的人。

這時候，我還是想著王衍彬，這個混帳。

我像空氣一般回到那個傷心地。公司裡，同事們緊急輪班，有人因為和我接觸過而被迫居家隔離。那間封鎖中的醫院，仍然像地獄一般，裡面外面嘶吼著，盡是怨懟的表情。

王衍彬不在醫院裡。電視上說，有醫師落跑。嗯，這倒很像他的個性。

「我真的不知道啦！你們不要守在我家門口，請尊重我們的隱私權好嗎？」衍彬也不在家，他的妻子孤單的抱著新生嬰兒，面對媒體無情的逼問。而我，看到王衍彬正像隻小老鼠般，躲在那間我們常去的五星級飯店。

王衍彬一個人，神情有些落寞，他縮在單人沙發裡，無聊的翻著汽車雜誌。電視新聞則一直把焦點對準那間鬼哭神號的醫院。

夜逐漸深了，新聞畫面上出現王衍彬的名字，主播唸道：「部分休假的醫護人員，截至目前為止，仍有五人沒有遵守規定返院隔離，衛生當局不排除報請警方強制執行……」王衍彬神色不安的關上電視機，雜誌掉落地面。

王衍彬啊，別擔心！你躲在這裡，他們沒閒工夫來找你的，就讓你的嬌妻幫你擋一陣子吧。我蹲在沙發邊，湊近他的耳朵，輕吹一口氣。看著這個我曾經深愛著，至少以為深愛的男人，如今無助膽小的像個孩子，我不禁同情起他來。王衍彬是如何惡意傷害我，把我當猴子耍得團團轉，又害我莫名其妙丟了性命，現在已不重要，可笑的是，我還有點希望，再感受一次他的擁抱呢。

他像是聽到我的嘆息一般，也長長吐了一口氣，然後整個人蜷縮進沙發裡。他鬆開腰帶，蠕動著下半身，試圖找個最舒服的姿態。那雙我以為可以撐起一片天的男人手掌，現在，摩擦著自己的生殖器。

他呻吟著，動作時快時慢，眼睛一直閉著，好像在幻想著誰。總之，老天保佑，希望不是我。

離開王衍彬的房間，我決定四處逛逛，以局外人的身分，看看這偌大城市，如何面對這場災難。

飯店大廳的報紙娛樂版吸引我的目光。天啊，我最喜歡的偶像歌手 Sam 也住在這間飯店耶！他竟然不擔心疫情，堅持宣傳工作，令我佩服。我十七歲就開始迷他了。這個時候，偷偷看一下偶像，應該無所謂吧。

Sam 的房間在頂樓，相當豪華，有十坪大的露臺可以看夜景。他們中英文夾雜的聊著，我雖然聽得一知半解，還是很開心。

「疫情還沒有控制住，我們的行程要縮短。」經紀人說著。

透過翻譯，Sam 想知道S病毒是如何傳染的，大家你一言我一語，似乎都不肯定。

「記得不要握手、不要簽名。」經紀人提醒。Sam 似乎不在意，爽朗的笑著。

此時我已經完全忘記自己的處境，化做一個痴心的小歌迷。天吶！我有這麼棒的機會，近距離接觸到 Sam，多少少女會羨慕死我啊。

工作人員一一告退，房間裡，只剩下我和 Sam。

我覺得全身在微微顫抖。

Sam 把剩下的啤酒一飲而盡，望著露臺下的夜景。我站近一步，輕輕哼唱著他的成名曲。

兩個人的距離可以有多近？心的距離又可以有多遠？我一個晚上，有不少體會。

夜已深，Sam 走進浴室。豪華的雙人按摩浴缸，滿溢熱水。Sam 用極瀟灑而俐落的動作脫去全身衣服，然後跨進浴缸。我看得傻了……，"Oh...my God!" 我在心裡驚嘆著。

不到十分鐘，Sam睡著了。昏黃的浴室水氣有如原野星光，一隻美好的獵物，就靜靜躺在狩獵者身旁，他的臉像完全失去警戒的羚羊，柔順而誘人。我忍不住親了他一口。

柔順的羚羊沒有醒，倒是生理部分醒了。我輕笑著，伸手撫弄那有如一〇一大樓的巨形陽具，它乖巧的在我手中伸懶腰，可愛極了。

我知道自己很糟糕，一點點罪惡感爬上我心頭。現在是什麼時候了，連下一秒鐘我該去哪裡都還搞不定，現在竟然還有興致在這裡和偶像玩遊戲。

我一面咒罵著自己，一面把頭浸入浴缸裡。我的長髮繞在他的腰際，把我們倆緊緊綑在一起。

忽然，溫存的夜，剎那崩離。

我被一股強大的力量從水中拉起，像氫氣球般，一路往上飄。腳下華麗的城市，變成一只保險套的大小。

回過神時，眼前出現的是搖著尾巴的阿福，還有那間所謂的天堂木屋。對於結束生命這件事，我仍然覺得驚恐不平。但無奈的是，想再多也沒有用，因為，我・死・了。死去的人，沒有任何意義。

那個奪去我性命的S病毒，我也不跟它計較了。因為病毒不長眼，沒做錯什麼事的好人，也很容易死於非命。就像百般算計、思慕著愛人的我，最終也沒有得到童話般的結局。

阿福慵懶的打哈欠。無意間，我們眼神相對，彷彿又回到那個嘈雜的街市。

路瀅瀛

政治大學中文系畢業，現任職飛碟電臺。曾在自由時報花編副刊發表多篇散文及短篇小說。興趣是養狗，專長是寫日記和情書，生活目標是當一名天天喝下午茶、泡溫泉的貴婦人。至於創作，則是這一年來受到朋友刺激，才展開的冒險。寫作的目的？大概是輸人不輸陣，也想當作家吧！會不會繼續寫下去？嗯，如果大家喜歡，就繼續寫。

靜默之城

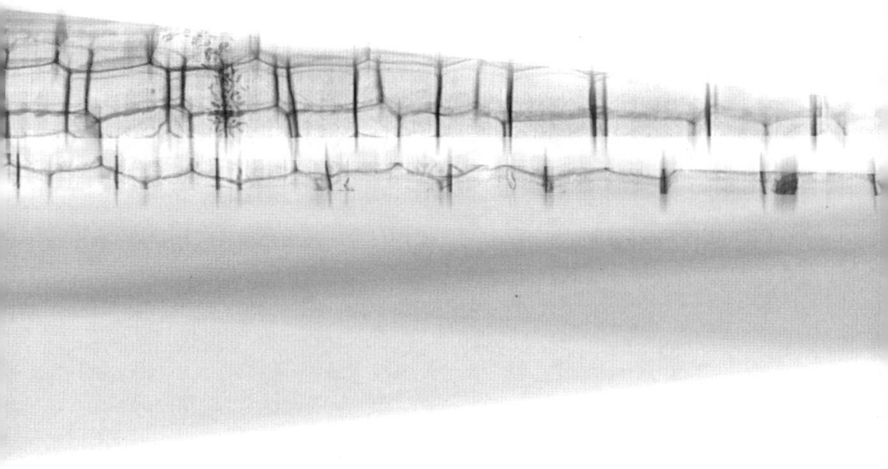

她一直跟我說謝謝，

激動地抱住我。

（啊！我有多久沒有被人這樣擁抱過了呢？）

我驚訝地感覺著女孩結實的擁抱，

心裡泛起一陣感動……

——林育涵

他就這樣閉上了眼睛，一句話也沒有說，就像死了一樣。

我看著他的側臉，伸出手指沿著他臉上起伏的曲線懸空描摹著，他的眉間他的鼻他的嘴唇他的喉結……這肉身之上，是否會有一條隱形的線，蜿蜒標示情感的存在？我的指腹游移，暗示親暱的渴望，但他依然閉著眼睛，一句話也沒有說。

我頹然的放下手，望向闃黑之中的一點微弱的光。

他不是感覺不到，他只是倦怠了，故意閉上眼睛假裝看不見。看不見我，也看不見我們之間。

就像白日的這座城，在每個密閉的空間裡，所有的人都必須戴上口罩。我聽不見任何聲音，整個世界像被封鎖了起來，只有電視機裡傳來渲染的咆哮與憤怒。我也看不見任何表情，表情被口罩隔離了起來，我不知道每天與我擦身而過的這些人那些人，口罩之下的他們有著怎樣的神情？他們是否微笑？是否憂傷？是否也和我一樣，渴望著擁抱一些什麼，卻無論如何也觸摸不著？像此刻躺在男人身邊的我，被靜默隔絕，只有嘆息悄悄出聲。

我們活著，但世界令人窒息，沒有一點聲音。

我們是否還要這樣繼續下去？我想這麼問他，但卻什麼也說不出口。

我翻身看著他，他仍然閉著眼睛，沒有任何表情。

我不期待他的回答，我只是想開啟一個話題，輕淡的說些話，確定一些感覺，知道某些東西還存在著，然後可以繼續，可以微笑著說晚安。

然而現實終究是令人失望的。我的房間和城市裡任何一個密閉的空間一樣，除了靜默，感覺不到任何氣息。

我的愛情也戴上了口罩，他拒絕溝通與分享，拒絕觸摸與擁抱。城裡有瘟疫在蔓延，我的房裡也正面臨一場瘟疫。

靜默。

我們不再說話。我放棄手勢也放棄話語，讓一切靜默。

然後我開始聽見他的呼聲。緩慢的呻吟，濁重如暮鼓，接著是劇烈的嘶吼，像哽著秘密不願吐露，時而低沉，時而高亢。那是他睡眠的節奏，比他醒著的時候，更讓人覺得安心而踏實。唉！我忍不住要輕輕嘆息。我總是伴著他的打呼聲，數著失眠的羊。我總是睡不著，在夜半三點的時刻。我總是，想念我的卡拉。

當代號S的傳染病開始蔓延這座城市的第一天，我被開除了。

老闆把我叫進他的辦公室裡，我已經隱隱有著不祥的預感。公司近半年來的營收都是赤字，裁員的耳語也已經流傳許久。經濟不景氣，老闆說。這是我第一次這麼接近地看著他，才發現原來他的臉那麼油，身上都是中年男人髮油的氣味。我們公司是小公司，最近半年都接不到訂單，我們必須縮減人事支出，所以……妳就做到今天吧，我會請會計結算妳的薪資，多的就算是公司對妳的一點補償吧。

我心想：為什麼是我？為什麼不是那個業務小陳，他每天都在混。雖然我只是一個小小助理，但我每天都很克盡職守啊。我為自己的委屈忿忿不平著，很想大聲地質問老闆，但是看著他老朽又疲累的油臉，我卻什麼話也說不出來了。我站在那裡發獃了一會兒，然後說了聲謝謝，離開了老闆的辦公室。

那一天，我並沒有因為被開除了而理所當然的早退，仍然像往常一樣十分克盡職守地準時五點打卡下班。電視上形容被開除的人，總是習慣手裡抱著一個紙箱，頹然地走出高聳的辦公大廈；這時畫面多半會以一個深沉的回眸鏡頭，讓主角緬懷一些過往事蹟和感傷時刻，或者藉由攀高的大廈身影，暗喻小人物的夢想總有實現的一天。他們往往都還有故事，被開除只是一個戲劇轉折，他們可能由此開始另一段人生旅程，或者遇見某個人談一場刻骨銘心的戀愛。電視都是這樣演的，但那往往不是真實人生。我不會有什麼故事發生，我很確定。我只會繼續生活，繼續過日子。

就這樣，沒有別的了。

我整理我的東西，只有一個 A4 提袋那麼多，根本不需要什麼紙箱。

我隨著人群走進電梯，下樓，再隨著人群走出電梯，離開這棟大樓。沒有人跟我說話。他們看著我，像是沒看見我。我想除了電梯裡的錄影畫面偶爾捕捉到我的身影之外，不會有人在他的腦海裡印記過我的存在。這就是我的真實生活。看見了，但假裝看不見。我的存在，似乎是無可無不可的，令人失望。

我從來就不曾對自己有過什麼偉大的期許。

從小，我就是一個平凡普通溫順乖巧的孩子。總是大人說什麼，我就做什麼，一點主見也沒有。在家裡，我聽父母的；在學校，我聽老師的；出了社會，我聽老闆的；在愛情裡，我聽情人的。我總是不替自己費一點力氣。有一個地方讓我待著，有一個人讓我賴著，好像就可以是一輩子了。有時我會對自己生氣，覺得自己不該這個樣子，但是認真想想：卻又不知道自己應該是什麼樣子？於是只好對自己放棄了，讓別人作主吧。

啊！有時我會想：這個世界如果頃刻之間就毀滅了，我會有什麼遺憾嗎？就在我還來不及思索到末日的遺憾時，我已經一腳懸空跌坐在人行道上。我感覺我的身體像碎裂的鉛塊，疼重瘆麻。提袋裡的東西摔了出去，散落一地。我勉強站了起來，彎腰檢查自己膝蓋上的傷。破皮了，流血了。而且好痛。我意識到了自己的窘態，真丟臉。我低著頭撿拾散落的物品，卻又覺得何必撿呢？我不是被開除了嗎？我擡起頭，發現世界如常，根本沒有人注意到我．跌．倒．了這件事。有人陸陸續續從我身邊經過，他們無視於我的狼狽，彷彿是一場慈悲。當作什麼事也沒發生過，這樣就不覺得糗了。他們似乎是這麼想的。我站在原地發獃，手裡握著那只破了的提袋，感覺四周彷彿靜止了下來。我的膝蓋在流血，但似乎有一種比痛更深的感覺正在咬噬著我。

一個女人迎面走向我。妳還好吧？她問。

啊？我茫然看著她。她指了指我的膝蓋：妳在流血耶，要不要我幫妳擦個藥？

她又問。我突然好想哭。她幫我撿拾起散落在地上的物品，裝在一個新的提袋裡，然後扶著我走進附近的一家醫院。

我看著眼前這棟灰僕僕的老舊醫院，感覺到一股奇異的清冷。醫院的門口有一棵大榕樹陰暗地籠罩著，夕陽的樹影灑落下來，照著醫院的灰牆更顯得斑駁。

我坐在急診室的一處角落，女人小心翼翼地幫我的膝蓋清潔消毒抹藥包紮。我看著她俐落的動作，又聽見醫院裡有人和她打招呼，猜想她可能是這家醫院的護士。我問，她笑著搖搖頭說：我不是護士，我只是看護，剛被派到這家醫院工作。

我看著她專注而溫柔的動作，將我的傷口包紮好，還關心地詢問：除了膝蓋的傷，妳還有哪裡不舒服？需不需要找醫生幫妳看看？

我的心裡很感激她，想跟她多聊聊，卻什麼話也說不出來，只會說謝謝。

她是個長相平凡的女人，卻有顆美麗的心，不知道她是否也因此而擁有了一段美麗的愛情，一個體貼的情人？

不像我的愛情，只有節節敗退的沮喪。

我走出醫院，來到和情人相約的捷運廣場前。

我以為我們會共享一頓溫馨的燭光晚餐，尤其當他得知我被開除以及看見我受傷的膝蓋之後，他會摟抱著我跟我一起回家，然後用他溫柔的吻安慰我被開除的挫折。雖然對於開除這件事，我並沒有什麼特別難過的沮喪情緒，但為了獲得他的安慰，我並不介意假裝一下。我以為我們會努力歡愛，激情蕩漾；我對這分感情最大的期待，也不過就是一場真真實實身體的歡愛了。但是沒有。沒有燭光晚餐，沒有疼惜安慰，沒有親吻，沒有擁抱。這一切將只是我的想像。

從得知我被開除的那一刻起，他便開始數落我。滔滔不絕。我有些失望地確定今晚不會有什麼激情蕩漾了。唉。他繼續數落我。我餓了，我說。但他沒有聽見，他甚至沒有注意到我膝蓋上的傷。

謝謝？妳被開除了還跟人家說謝謝？他一直重複這句話。我越過他扭曲似的臉，看向不遠處聳立在他腦後的電視牆。新聞中正宣佈著一項消息：一名記者的報導讓代號S的傳染病曝了光，S正在醫院裡蔓延，發現第一起病例的那間醫院，正是報導記者所在的醫院。我驚訝地看著電視牆裡的那家醫院景象，那熟悉的大門，熟悉的灰牆，那棵大榕樹，那條總是髒兮兮的走廊。那不是……那不是……情人停止了數落，順著我的手指，轉頭過去看著那面電視牆，他終於安靜了下來。

我今天去過那家醫院。很久以後我才說。他看著我，神情十分驚訝，顯然承受的打擊太大，我的失業和S的曝光。

妳該不會也被傳染了吧？他說著，竟然就立刻作勢倒退了一步。

有那麼一瞬間，我覺得自己似乎不認識他。

妳的膝蓋怎麼了？他終於發現了我腿上的傷。

我說：我跌倒了……在馬路上。我以為他會疼惜地摸摸我的腳，安慰我說沒關係。但他沒有。他說：妳這麼大的人了，走路也會跌倒。他嘆著氣，彷彿這是一件很無奈的事。

我看著他，不再說話。

我們吃過了晚飯，他送我回家，然後告別。

就這樣？我心想：今天真是倒楣透了。我沒有開口留他，我不知道該怎麼留他？我的手腳冰冷，我的膝蓋在痛，我的身體僵硬，我說不出話來，我只能看著他離開。

我躺在空蕩蕩的床上，屋裡一片漆黑。我的膝蓋隱隱抽痛，我發現我的心也是。

之後的一個星期，這座城市因為S而沸沸揚揚，而我的愛情因為S而降至冰點。

因為傳染途徑未被證實，情人在這段時間漸漸地與我疏遠。他說：我們還是暫時不要見面比較好，而且妳又去過那家醫院，現在一切情況都不明朗，我覺得我們應該小心一點。我聽著他所謂客觀的分析，可以想像電話那頭他嚴肅的表情，應該跟他睡著時候的表情一樣吧，我想。冷酷而淡漠。我不禁想念起那位溫柔而善良的看護，不知道她此刻好不好？

那家門口有棵大榕樹的醫院很快地就被封鎖了。在黃色的警戒線之內，穿著層層防護衣的醫療人員忙碌穿梭著；醫院內有生死離別、垂死掙扎，也有疲累壓力、精神崩潰。在黃色的警戒線之外，媒體官員群眾病患家屬日日上演著不同的戲碼，電視機前的我和大多數人一樣，除了惶恐，只能冷眼旁觀。整座城市彷彿陷入一種集體的歇斯底里之中，所有的人都戴上了口罩，進出公共場所都得量體溫，現在只有保持距離是最安全的。

那不就像我們現在這樣？保持距離，以策安全。情人在電話那頭笑著說。但我覺得一點也不好笑。

整座城市更加安靜而冷漠了，此刻還透著一股陰冷的恐怖。這白晝之城，和夜晚一樣寂靜。我坐在捷運車廂裡，沒有人有所謂的表情，每個人都只有一種樣子，口罩之上漠然的空茫。

我掛上電話，關掉電視。我睡去，是夜裡，但我聽見有聲音嗚嗚的低鳴。我醒來，仍是夜裡，那嗚嗚的低鳴仍存在著。

那一夜，我打開門，發現了卡拉。

當時卡拉還不叫做卡拉，牠是一條狗。

我知道我不應該隨便收養一隻狗，尤其是一隻來路不明的狗，尤其是在S並未被證實是否經由動物傳染的這個時候。

但是，我無法拒絕卡拉。

我從來就不曾如此果敢地決定一件事，我甚至想都不想地就把牠喚做卡拉。我童年時陪伴我長大的狗狗卡拉。

牠躲在牆角抖瑟著身子哀鳴著，看起來那麼無辜而瘦弱。我對著電話裡的情人解釋著。我不能把牠丟掉。我說：除非你現在就過來陪我。

隨便妳。他掛掉了電話。

「我想他真的生氣了。」我摸了摸依偎在我腳邊的卡拉的臉。

撿到卡拉才三天，但我們卻熟悉地像已經認識三年。

「他以前不是這樣的。」卡拉把頭擺在我的腿上，天真地看著我。

「他從來就不懂我的寂寞。還沒認識他的時候，我總是一個人吃飯、逛街、看電影。和他交往以後，雖然是兩個人吃飯、兩個人逛街、兩個人看電影，但我還是覺得很寂寞。兩個人看起來好像是在一起，但其實是距離非常遙遠的。我常常在他睡著以後有想哭的衝動，因為看著他睡著的模樣，總是有一種被他遺棄了的感覺。他睡著，我醒著，像兩個世界。」卡拉用身子磨蹭著我。

「你在安慰我嗎？」卡拉轉了轉眼珠子。

「我們不要理他。」我起身，對卡拉說：「你知道嗎？小時候我也養過一隻叫卡拉的狗喔，你們都有著金黃色美麗的毛髮，摸起來很柔軟很舒服。」

「可是後來牠不見了……一天我放學回家，就再也找不到牠了，所有大人都說沒看見牠……大人都是這樣的，看見了，也會假裝沒有看見，牠就那樣不見了……我也不知道為什麼？我哭了好久，吵著要卡拉，還被爸用藤條打了一頓……所以，那天看見你，我就想：你會不會就是卡拉，多年以後回來找我？我知道我很無聊，胡思亂想，但我既然這麼想了，怎麼可能再把你丟掉呢？」

「嘿，我可是很少這麼勇敢的喔！」我撫摸著卡拉，開心地說著。

我對著卡拉說話，在孤單的生活之中，開始有了一些瑣碎的人語與狗的呢喃。這沉默的屋子，彷彿因此甦醒了起來。

我出門應徵新工作，因為惦記著卡拉，總是歸心似箭；因為覺得自己心裡有所歸屬，即使面試失敗被拒絕，也不覺得沮喪。每日清晨與傍晚，我牽著卡拉到公園裡溜達，循著一定的路線，停留相同的地方，在日常的重複之中獲得一種熟悉的滿足。

偶爾，在曬進陽光的閒散午後，我撫摸著卡拉撒嬌的肚腩，總會忍不住地微笑起來，輕輕哼著歌。

啦啦啦……我有多久沒有隨意哼唱一首歌了呢？啦啦啦……卡拉歪斜著頭看著我，耳朵豎立起來傾聽著。聽不懂，牠便躺臥在我的腳邊，兩隻前腳優雅地交叉著，嘴角微微彎起弧度，彷彿在微笑著。

我坐在窗前發呆，牠跑來舔舐我，停靠在我的腳邊；夜裡，牠跳上我的床，緊密地偎靠著我，讓我感覺到牠真心的託付。有時，我會疑心起卡拉並不是我偶然撿到的狗，或許牠真的一直是我的狗，要不然牠怎麼會這麼體貼我，彷彿是我養了很久很久的一隻狗？總是在夜深人靜的時候，我輾轉醒來，感覺到身旁卡拉緊密溫熱地依靠，我才明白自己多麼渴望這種互相依偎的陪伴。

每晚當我躺在情人的身邊，看著他沉睡的側臉時，我所渴望的也不過就是這樣的陪伴。在傾訴與聆聽之中，感覺到一種溫度，一種託付。原來我對自己的期望，對人生的追求，不過就是這種恆常而穩定的陪伴。

我照顧卡拉，也開始照顧起自己，學習著對自己好。

經過巷口的那家花店，我為自己買了一束紅玫瑰，插進那荒廢已久的空瓶裡；我選購了許多綠色的小盆栽，竹柏、薄荷、薰衣草、紫鶴花、白晶菊、瑪格麗特；現在，從我的陽臺窗前望出去，不再只是灰暗的朦朧天空了，這一盆盆的綠意吐露聲息，提醒著我生活的繽紛。我為自己下廚，烹煮美味的晚餐，即使只有一個人，只要點起蠟燭，也可以享用一頓溫馨的燭光晚餐。我洗淨身體，浸泡在充滿香氛的熱水澡盆裡，沐浴自己的身體和心靈。我感到一種前所未有的舒暢，我不再覺得窒息，透不過氣，我用力呼吸，大口大口地吐掉所有的陰暗與潮濕。

失業的困頓與寂靜的空虛，突然不再那麼沉重而壓迫了。整座城市繼續著恐懼的喧譁，而我卻漸漸地安於一種恬適的平靜。

春天微寒的氣溫，因為這幸福的知覺而溫暖起來。

情人遠在天邊，我發現自己根本不需要他。在瘟疫蔓延的世界裡，在疏離冷淡的城市裡，我和我的卡拉也可以很幸福。

然而，卡拉終究不是我的。

當S被證實並非經由動物身上傳染時，巷子口突然貼滿了卡拉的相片，上面有緊急的懸賞電話，想必是原主人後悔了，心急地想找回卡拉。

我站在巷子口，端詳著相片上的狗狗，多麼希望那不是我家的卡拉。

張小姐啊。隔壁的許太太站在我的身後說：這狗跟妳撿到的那隻長得可真像啊。

是……是嗎？我心虛的回應著：很……很像嗎？

不會就是同一隻吧？許太太疑惑地說。

「我該把你送回去嗎？」我問著卡拉，牠無辜的眼神望著我，嗯哼一聲。

「可是我不想把你送回去，他們故意把你丟掉，現在沒事了，又想把你找回去，太不負責任了！」我說。

可是，卡拉終究不是我的。

那天，一個戴著口罩穿著國中制服的女生，來到了我家門口。

她蹲在騎樓底，拿著卡拉的相片，埋頭哭泣。許太太瞧見了她，把她帶到了我家。她的眼睛紅腫著，哭著跟我說：阿姨，那是我的狗，妳可不可以把牠還給我？她流著眼淚，摟著卡拉又抱又親的。卡拉搖著尾巴，興奮地舔著她的臉。看著女孩哭泣的臉，夾雜著失而復得的喜悅，我知道我不能留住卡拉了。我想起了多年以前失去卡拉的那個下午，我也曾經那樣哀傷的哭泣著，我明白那樣割捨的痛楚。

我終於把卡拉還給了女孩。

女孩撫摸著卡拉，叫喚著另一個對我而言陌生的名字。

原來，此刻，卡拉也不再是卡拉了。在女孩的心裡，牠有另一個名字。

阿姨，謝謝妳把牠照顧得這麼好，謝謝妳。女孩抽噎著說。

她一直跟我說謝謝，激動地抱住我。（啊！我有多久沒有被人這樣擁抱過了呢？）我驚訝地感覺著女孩結實的擁抱，心裡泛起一陣感動，好不容易才伸出手，摸摸女孩的頭安慰著她。

其實，是我應該要跟她說謝謝的。

若不是因為她丟失了卡拉，我又怎能明白自己真正的缺失與渴求呢？因為這場突如其來的瘟疫，整個世界陷入了混亂，我卻因此有機會認識自己，重整生活。電視上每日播報著不同的衝突事件：被隔離的護士在鏡頭前暴怒控訴；應該堅守崗位的醫師從醫院逃離；從疫區返國的民眾被家人隔絕在外；許多寵物被飼主遺棄；許多情人不敢接吻做愛，網路上充斥著虛擬色情。在可怕的病毒之前，人們的自私冷漠暴露無遺。然而，卻還是有人選擇在可怕的病毒環伺之下，勇敢地奉獻自己，用自己的熱情去溫暖每一個小小的角落。我想起為我細心包紮傷口的那位看護，想起新聞報導裡總是不眠不休照顧病患的醫療人員，想起這些時日照顧卡拉的自己。

我知道自己在這樣荒蕪的世界裡，也可以擁有照顧別人的能力，也可以勇敢地付出自己，知道自己和許多默默努力生活的人站在同一邊，使這個世界不致於傾斜。雖然我仍然是平凡普通溫順乖巧，但我的人生不再是無可無不可的了。所以，是我應該要跟女孩說謝謝的。

我替女孩擦拭了眼淚，我說：「謝謝妳讓狗狗陪我一段。」我蹲下身環抱著卡拉，跟牠說再見。雖然牠不是我的卡拉，雖然牠其實應該被叫做另一個名字，然而此刻已沒有任何分別；我感受著牠的陪伴，牠的偎靠，那麼真實的撫慰了我的寂寞。不論對現在的我或是童年的我來說，這樣的一段記憶，已經使曾經失去過卡拉的傷痛獲得了救贖。

或許因為曾經失去過，我們才懂得珍惜第二次的美好。在政府機關的監控和人民的配合之下，S終於獲得了初步的控制。卸下口罩的這座城，不再驚慌失措容易躁怒，卻彷彿更安靜了。

春天將要過去，在靜默之中，城市翻新了自己的語言。

夜裡，男人的打呼聲依舊……

但我知道有些什麼已經悄悄改變。

因為失去，才懂得珍惜。睡在我身旁的那個男人，正要開始明白這一點。

林育涵

一九七四年夏天出生，現居臺中。正在寫一本關於新世代小說的畢業論文，期許自己以農夫的生活態度面對書寫，謙卑學習。曾獲教育部文藝創作小說獎。出版有短篇小說集《著迷》、《我們的幸福生活》。

三民叢刊

小說精選

（本局另備有「三民叢刊」之完整目錄，歡迎索取）

288 走出荒蕪　　楊　明　著

每一個人都是獨特的，因此，每一段關係，每一份情感也都是獨一無二，無法複製。這本小說集要告訴你七個屬於「情感」和「關係」的故事，有親人間的矛盾、生命的荒謬與驚喜、愛情的詭譎……

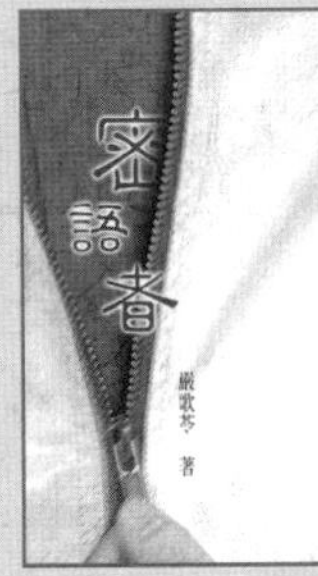

282 密語者　　嚴歌苓　著

一張牀上的兩個人，居然像兩顆星，原以為是伸手就可以擁抱的距離，卻存在百萬光年的陌生。最初是怎樣的荒唐，才造成現在同睡一張牀的假象？婚姻不再是結局，而是一則又一則故事的開始……

●其他作品：陳冲前傳、草鞋權貴、倒淌河、波西米亞樓、誰家有女初養成……

248 南十字星下的月色　　張至璋　著

南十字星有五顆，只在南半球看得到，跟北極星一樣指引著航海人尋找回家的方向。作者藉著在南十字星下發生的故事，反映了海外移民的一些現象。外國的月亮圓嗎？「香格里拉」是在南十字星的星空下？還是在我們的心中？

229 6個女人的畫像　莫非 著

一扇門的設立，是為進出不同的天地與空間，但為何女人卻執守倚立這狹窄的門框？女人的倚閭，是為了在愛中守候，還是因為怯懼而走不出去……

225 零度疼痛　邱華棟 著

本書精選小說家邱華棟短篇作品，透過對今日城市青年所遇到的情感、道德與金錢問題，以及城市生活對青年人的異化和威壓，探討年輕人的情感困境與精神的無所適從。

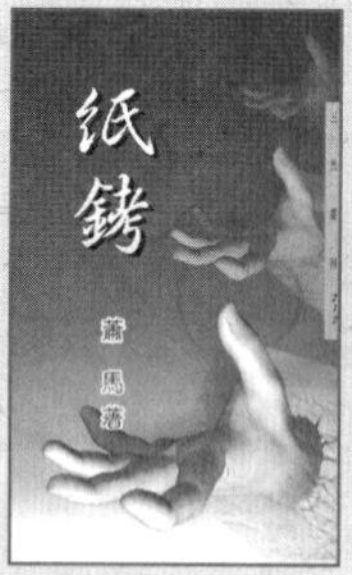

212 紙銬　蕭 馬 著

惟有自己能細縛自己，也惟有自己能解放自己。有形的桎梏其實不可怕，可怕的，是無形的束縛……

205 殘片　董懿娜 著

人是只生有一個翅膀的天使，只有互相擁抱才能自由飛翔。女性的命運，是斑駁世界最真實而充滿質感的一種折射，對她們飽含意味和深情的關注，就是對生命的一種眷戀和好奇。

●其他作品：葉上花……

190 蝴蝶涅槃　海男 著

一個具有強烈美感的夢遊症患者，踏上尋找的旅途。在歷經視野中出現的三個男人之後，她最終還是徹底失望，回到了自己收藏的蝴蝶標本之中……

●其他作品：銀色的玻璃人、懸崖之約……

168 說吧，房間　林白 著

這是一部關於當代職業女性的小說，表現了她們在社會轉型中所承受的壓力，她們的創傷與隱痛、焦慮與呼喊、回憶與訴說。以精細的身體感受出發，直達當代女性心靈的最深處。

161 抒情時代——「他們」及三個短篇　鄭寶娟 著

戀愛中的女孩子會有的小動作，阿良全都有。她開始幫卡夫卡洗衣服、縫被子、送維他命與全脂奶粉，然後有事沒事，就用那雙迷迷瞪瞪的大眼睛瞅著卡夫卡……

●其他作品：遠方的戰爭、再回首、在綠茵與鳥鳴之間、無苔的花園……

157 黑月　樊小玉 著

戀愛中的女人因原始性的孩子氣被感情慫恿著，便多了幾分放姿和縱情。但無論那放姿怎麼被誇張，她們仍舊是中國人，逃不出骨子裡制約著她們的東西……

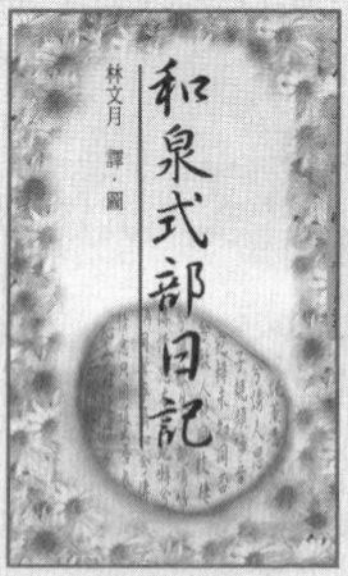

155 和泉式部日記　林文月 譯．圖

本書為日本平安時代文學作品中與《源氏物語》、《枕草子》鼎足而立的不朽之作，以簡淨的日記形式，記錄了一段不為俗世所容的戀情。愛情生活中細膩的起伏歡愁，緊扣你我心弦。

●其他作品：京都一年、山水與古典……

152 風信子女郎　虹 影 著

本書帶您進入大陸文學從未深入處理的主題：女人之間的性愛。對女性之愛，作者並沒有一廂情願的浪漫抒情，相反地，她看到中國文化語言中，女性之愛必然遭遇無情的社會壓力。

●其他作品：帶鞍的鹿、神交者說……

151 沙漠裡的狼　白 樺 著

在這本書裡，不管是在創作形式或故事內容上都呈現出作者多樣化的寫作風格。作者藉由各個小說中所描繪的人與動物的深刻關係，表達出他對於現實中人性的本質、時代的迷失的深沉告白。

●其他作品：流水無歸程、陽雀王國、哀莫大於心未死、遠方有個女兒國……

37 黃昏過客　沙 究 著

「當我搭乘公車，敞開的車窗沒有風滲進……。」「為樸素心靈尋找一些普通相的句子」，這是作者在獲得時報短篇小說推薦獎時對他的寫作的感言，其作品就是最好的實踐。本書將帶領您從浮生眾相中探索人類心靈的面貌。

國家圖書館出版品預行編目資料

愛,有沒有明天?——瘟疫入城事件簿/紫石作坊
主編.——初版一刷.——臺北市:三民,2004
面; 公分——(三民叢刊:293)

ISBN 957-14-4043-4 (平裝)

857.61 93005639

網路書店位址 http://www.sanmin.com.tw

 愛,有沒有明天?
——瘟疫入城事件簿

主 編 紫石作坊
發行人 劉振強
發行所 三民書局股份有限公司
地址/臺北市復興北路386號
電話/(02)25006600
郵撥/0009998-5
印刷所 三民書局股份有限公司
門市部 復北店/臺北市復興北路386號
重南店/臺北市重慶南路一段61號
初版一刷 2004年4月
編 號 S 856670
基本定價 貳元陸角
行政院新聞局登記證局版臺業字第〇二〇〇號

ISBN 957-14-4043-4 (平裝)

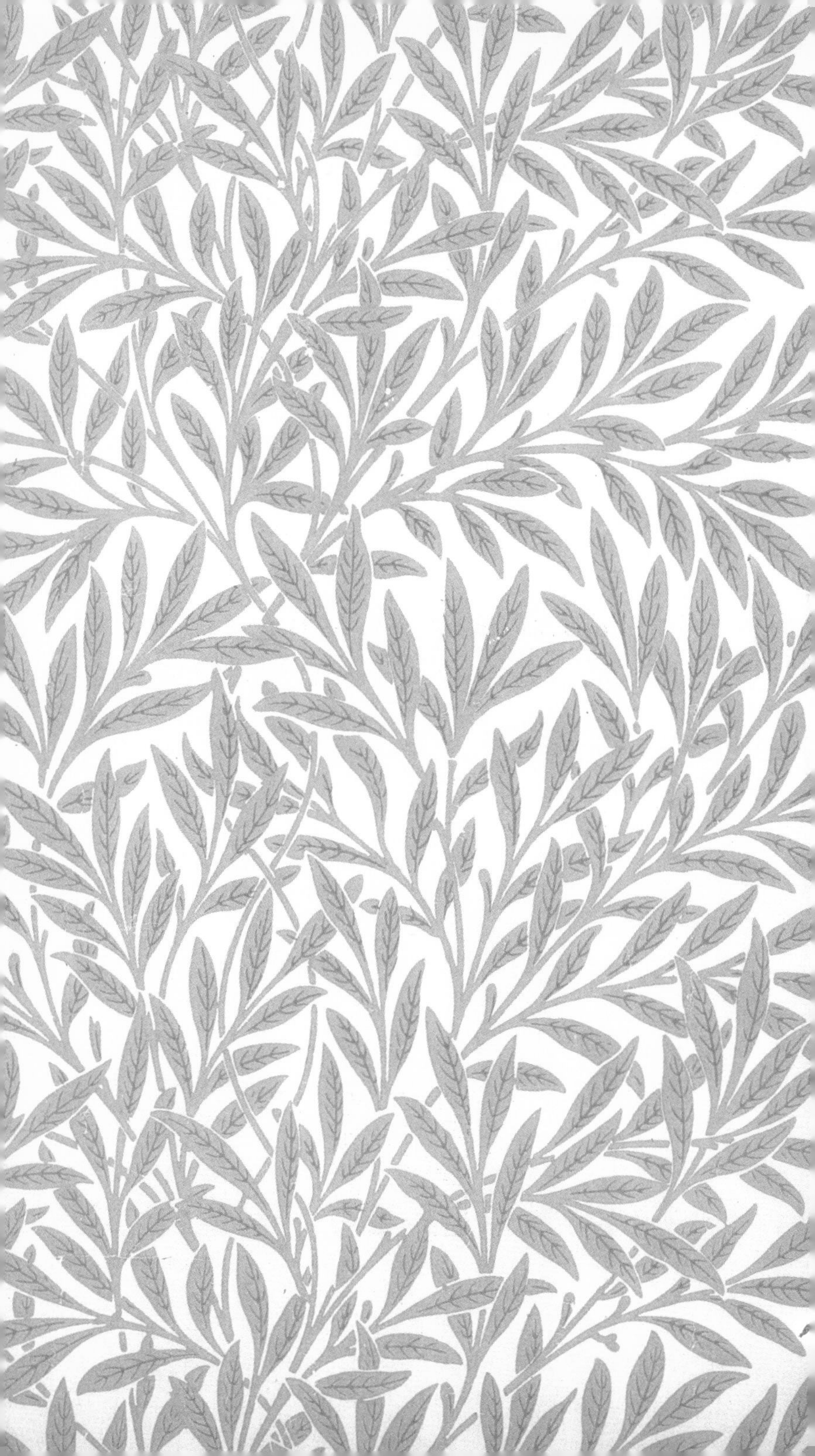